南方出版传媒
花城出版社

饶宗颐 著
陈韩曦 翁艾 注译
中国·广州

选堂诗墨评注

题画诗

图书在版编目（ＣＩＰ）数据

题画诗 / 饶宗颐著；陈韩曦，翁艾注译. -- 广州：
花城出版社，2016.8（2018.3重印）
（选堂诗词评注）
ISBN 978-7-5360-7935-9

Ⅰ. ①题… Ⅱ. ①饶… ②陈… ③翁… Ⅲ. ①古体诗
－诗集－中国－当代 Ⅳ. ①I227

中国版本图书馆CIP数据核字(2016)第167521号

出 版 人：詹秀敏
策划编辑：詹秀敏
责任编辑：李　谓　杜小烨
技术编辑：薛伟民　凌春梅
装帧设计：王　越
图片来源：饶清芬　陈韩曦
　　　　　香港大学饶宗颐学术馆
图片编辑：曾雅丽

书　　名　题画诗
　　　　　TIHUA SHI
出版发行　花城出版社
　　　　　（广州市环市东路水荫路 11 号）
经　　销　全国新华书店
印　　刷　佛山市浩文彩色印刷有限公司
　　　　　（广东省佛山市南海区狮山科技工业园 A 区）
开　　本　787 毫米×1092 毫米　16 开
印　　张　10.5　7 插页
字　　数　160,000 字
版　　次　2016 年 8 月第 1 版　2018 年 3 月第 2 次印刷
定　　价　32.00 元

如发现印装质量问题，请直接与印刷厂联系调换。
购书热线：020－37604658　37602954
花城出版社网站：http://www.fcph.com.cn

2015年8月，饶宗颐在家中翻阅《饶宗颐著述录：书中书》（花城出版社2015年版）

2015年，"学艺融通——饶宗颐百岁艺术展"在中国国家博物馆开幕

2015年12月，"饶宗颐教授百岁华诞"于香港会议展览中心举行

2016年4月13日，英国剑桥大学耶稣学院与饶学研究基金在香港赛马会签署筹建"饶宗颐华学研究中心"的合作意向书

永忆江湖归白
发，欲回天地
入扁舟。岁在
甲午，选堂。

洪響起丰山

丙申選堂

元吉處離位

元吉处离位，洪响起丰山。丙申选堂。

大木过百围，看山聊永日。相对久忘言，一峰一太乙。选堂癸酉作，迟园补僧。

目　　录

1

题画诗

题画杂诗

往岁过日本琵琶湖，有句云："天含神雾水如诗，湖草寻常祇弄姿。犹是荻花枫叶地，夕阳无语雁来时。"近以暇暑，作画颇多，屡有题句，辄次是韵，共得三十许首，录为一卷，以备忘云。辛亥秋杪，选堂时在星洲。

坐对苍茫始咏诗，落花逝水梦生姿。
临风自拂鹅溪绢^①，添个蜻蜓立片时。

注释：

①鹅溪绢：产于四川省盐亭县鹅溪的绢帛。唐代为贡品，宋人书画尤重之。《新唐书·地理志六》："陵州仁寿郡，本隆山郡，天宝元年更名。土贡：麸金、鹅溪绢、细葛。"

浅解：

饶公每以画人之意作诗，以诗人之意作画。他面对苍茫之景，铺开画卷，几笔点缀，蜻蜓已立于画卷，让人感受到作画时那种胸罗万象，下笔有神的境地。

简译：

坐对苍茫大地吟赋诗句，落花逝水让梦境更美好。迎风亲自拂拭鹅溪绢帛，画上添个蜻蜓立于上方。

耶溪^①小艇欲追诗，荷叶荷花十里姿。
若见宓妃^②凭问讯，碧梧可有凤栖时。

注释：

①耶溪：即若耶溪。传说西施浣纱处。唐·李白《和卢侍御通塘曲》："君夸

通塘好，通塘胜耶溪。"

②宓妃：相传伏羲氏之女洛神即宓妃，溺死洛水，遂为神。宓妃原是黄河水神河伯之妻，羿射伤河伯后，宓妃与羿结合。见于《楚辞·天问》："胡羿射夫河伯，而妻彼雒嫔。"

浅解：

此诗体现了画作之景，小溪上舟艇轻泛，十里之地尽是荷叶荷花，恐怕会引得宓妃前来询问，如此仙境是否有凤凰栖息其中。

简译：

耶溪小艇轻泛追觅诗句，荷叶荷花十里展露新姿。恐怕神女宓妃前来询问，碧绿梧桐可有凤凰栖息。

> 去水涟漪合入诗，波澜纸上动风姿。
> 湖光四面宽如许，商略^①残阳欲坠时。

注释：

①商略：商量，酝酿。宋·姜夔《点绛唇》词："燕雁无心，太湖西畔随云去。数峰清苦，商略黄昏雨。"

浅解：

水流泛起涟漪，波澜跃于纸上，湖光交融，夕阳欲要西下，画作充满了动态美。

简译：

逝水泛起涟漪合乎诗境，纸上波澜壮阔平添风姿。四面湖水光影宽广无垠，等待着摇摇欲坠的残阳。

> 西风卷地忍抛诗^①，南雁飞来媚远姿。
> 写得鸳鸯难嫁与，亏它涂抹费移时。

注释：

①抛诗：即赋作诗歌。

浅解：

诗兴大发，然愁情赋作之诗亦凄惨，幸亏作画涂抹化解了心中忧愁。此诗自嘲颇是解颐。第三句异想天开，神来之笔。

简译：

西风卷地令人诗兴大发，南雁展翅飞来姿态妩媚。写出鸳鸯凄惨难以出嫁，借此涂抹创作转移心绪。

老圃①瓜畴②且种诗，苔滋雨足树凝姿。
华胥③泼墨浑成黑，春在云山懵懂时。

注释：

①老圃：旧菜园。

②瓜畴：瓜圃。宋·范浚《课畦丁灌园》诗："瓜畴准拟狸头大，草径堤防马齿繁。"

③华胥：传说是伏羲氏的母亲。《列子·黄帝》："〔黄帝〕昼寝而梦，游于华胥氏之国。华胥氏之国在弇州之西，台州之北，不知斯齐国几千万里。盖非舟车足力之所及，神游而已。其国无师长，自然而已。其民无嗜欲，自然而已……黄帝既寤，怡然自得"。华胥梦，指理想的安乐和平之境，或作梦境的代称。

浅解：

此诗描绘了水墨瓜园之画。雨水充足，苔藓自生，大树繁茂，春天在云山之中以音乐形式呈现，安乐而平和。

简译：

旧园瓜地亦可种出诗句，苔滋生雨充足大树展姿。华胥泼墨之作浑然天成，春天似在云山懵懂之处。

一川雨歇暮催诗，鼓吹鸣蛙①豹隐②姿。
画境人家谁会得，登楼好是去梯时③。

注释：

①鸣蛙：蛙鸣。比喻俗物喧闹。《晋书·后妃传论》："识暗鸣蛙，智昏文蛤。"
②豹隐：隐豹，典故名，典出《列女传卷二·贤明传》中的"陶荅子妻"条下南山有一种黑色的豹，可以在连续七天的雾雨天气里不吃东西而为了长出花纹，躲避天敌。后因以"隐豹"比喻爱惜其身，隐居伏处而有所不为。
③登楼好是去梯时：南朝宋时画家顾骏之筑高楼作画，"登楼去梯，妻子罕见"，求的是一份安静的画境。

浅解：

此诗描绘了绘画"登楼去梯"，抛却尘世空寂的忘我精神。

简译：

山川雨停暮色催赋诗歌，鼓吹蛙鸣花豹隐伏其中。画中人家之境谁会悟得，登楼最绝的是丢弃木梯。

虚堂①密雨可藏诗，雨洗丛篁②见妙姿。
又报春江添一尺，观澜③徙倚夕阳时。

注释：

①虚堂：高堂。
②丛篁：丛生的竹子。
③观澜：临江观波涛。

浅解：

绘画之中尽是诗意，但见画中雨落清新之气。竹林经过洗涤，江水又涨一尺，雨后的斜阳让画境清新脱俗。

简译：

雨落高堂诗意隐藏其中，雨水清晰竹林尽显妙姿。又报春江水涨高了一尺，夕阳相伴在此听涛观水。

开图①道是无声诗，投苇②鸿飞且驻姿。

一路霜林看不尽，云山万里叶黄时。

注释：

①开图：打开画卷。

②投苇：飞入芦苇丛中。

浅解：

此诗描绘了秋天万木枯萎之画境，鸿鸟驻留芦苇之中，霜林一望无际，"画即是诗，诗即是画"的意境一览无遗。

简译：

打开画卷犹如无声诗歌，鸿鸟飞入芦苇驻留展姿。一路之上霜林一望无际，正是万里云山叶黄之时。

林塘①恍似梦中诗，况是春江雨后姿。

隐隐青山如旧识，夕阳人在倚楼时。

注释：

①林塘：林木池塘。

浅解：

画境如梦如幻，青山在雨后迷迷蒙蒙，人们依靠楼台，沐浴在夕阳之下。

简译：

林木池塘恍如梦幻之诗，恐怕正是春江雨后之景。青山迷蒙如同旧时相识，夕阳西下人依靠楼台上。

一罅①天然没字诗，春回草木换新姿。

窗前打稿奇峰在，剪取湖云拂岸时。

注释：

①幢：开张画缯。

浅解：

　　画是有形诗，诗是无形画。春天草木展姿，窗前美景伴人打稿作画，美景即是画景，姑且裁剪眼前湖云之景绘入画中。

简译：

　　开张画缯宛如天然无字之诗，春天到来草木展露新姿。窗前打着草稿奇峰伴随，裁剪湖云拂岸之景入画。

> 缕缕炉烟①处处诗，紫禽②柳巷作吟姿。
> 芭蕉犹滴心头雨，看放春晴记叙时。

注释：

①炉烟：指炉火。宋·周邦彦《满庭芳·夏日溧水无想山作》词："地卑山近，衣润费炉烟。"
②紫禽：紫色禽鸟，传说中的紫凤凰。此指家家户户中的家禽。

浅解：

　　此诗描绘了村落的画景，炉烟缕缕，鸡鸣于巷陌之中，芭蕉叶上露水仍未散去，宛如心头落下愁雨，只不过春天正要来临而心头的愁苦也将散去。

简译：

　　缕缕炉烟之中处处有诗，紫禽细柳巷陌作啼鸣状。芭蕉叶上犹有心头之雨，等待记叙春天放晴之时。

> 天巧①施来苦费诗，西山远处澹无姿。
> 眼前佳景君能说，一抹微云吐月时。

注释：

①天巧：不假雕饰，自然工巧。唐·韩愈《答孟郊》诗："规模背时利，文字觑天巧。"

浅解：

　　此诗阐述了天然工巧之境的难以追寻，诗歌如此，画亦如此。如果懂得淡泊的精神追求，则能悟得此境，就如微云飘去月亮显现时毫无违和感的自然之意。

简译：

　　天然工巧之诗苦费心机，远处西山淡泊不显英姿。眼前此等佳景君能懂得，一抹微云飘去月亮突现。

人间谁道苦于诗，笔底河山宛异姿。
欲为连娟①题秀句，黄昏汐退月生时。

注释：

①连娟：弯曲而纤细。

浅解：

　　此诗表达了品格高贵的画作值得苦费心思赋作诗歌加以褒扬。如同此幅画卷，笔下的河山姿态异常美丽，黄昏时分，潮汐退去、明月升起，恬然淡雅。

简译：

　　人间谁说苦于赋作诗歌，笔下河山宛如展露异姿。要为蜿蜒纤细题写佳句，黄昏潮汐退去明月浮生。

割愁①有剑可裁诗，海畔尖山耸玉姿。
坡老②应惊秋未改，微波仿佛洞庭时。

注释：

①割愁：排遣愁绪。唐·柳宗元《与浩初上人同看山寄京华亲故》诗："海

畔尖山似剑铓，秋来处处割愁肠。"

②坡老：即宋·苏轼。

浅解：

　　人皆有愁绪，然诗画可以排遣愁绪，就如此画，海滨山峰高耸，秋色在画中未曾变改，微波荡漾仿佛洞庭之水。

简译：

　　割愁之剑亦可裁剪诗歌，海畔山峰耸立亭亭玉姿。东坡老翁应惊秋色未改，微波兴起仿佛洞庭湖畔。

拣尽寒枝冷似诗，江深春浅①澹含姿。
莫嫌诗泪无多滴，犹及纷红骇绿②时。

注释：

①春浅：谓春意浅淡。唐·张说《晦日》诗："晦日嫌春浅，江浦看湔衣。"
②纷红骇绿：纷披散乱的红花绿叶。形容花草树木随风摆动。唐·柳宗元
　　《袁家渴记》："每风自四山而下，振动大木，掩苒众草，纷红骇绿，翁郁
　　香气。"

浅解：

　　此诗阐述了画中自然之境，亦表达了对自己赋作之诗虽无法达到感情刻画的最高境界，但已尽力使之达到随风摆动般的自然之趣。

简译：

　　拣尽寒冷枝叶冷如诗歌，江水深春意浅淡亦含姿。莫要嫌弃诗中愁泪无多，已达花木随风摆动之境。

懒向人前举好诗，看花如史①忽移姿。
春光坠地谁收整，莫待湖阴绿满时。

注释：

①看花如史：走马观花如同浏览历史。

浅解：

好诗无需展示就会受到人们的褒扬，画作亦是。画中春光满地，树木尚未成荫已经让人留恋。

简译：

懒向人们展现好的诗作，观花如览历史轻移身姿。春光已临大地谁来收整，莫待湖边树荫遍地之时。

> 蔷薇无力女郎诗①，皓月梢头想夕姿。
> 暗柳萧萧②星冉冉，描成天上断肠时。

注释：

①女郎诗：金·元好问评宋·秦观诗歌为"女郎诗"，指其阴柔太过。见《论诗绝句》："有情芍药含春泪，无力蔷薇卧晚枝。拈出退之山石句，始知渠是女郎诗。"

②萧萧：冷落凄清的样子。

浅解：

皓月之下，蔷薇无力低垂，细柳冷落凄清，星辰冉冉升起，整幅画面描绘出天地之间断肠般的景象。

简译：

蔷薇无力宛若女郎之诗，皓月悬挂梢头令人遐想。暗柳冷落星辰冉冉升起，描绘出了天际断肠之景。

> 少日①山斋听说诗，秋风微月雁沉姿。
> 老来筋力②能安处，看取波平似掌时。

注释：

①少日：不多日；数日。《太平广记》卷三一八引南朝·宋·刘义庆《幽明录·甄冲》："至家少日而染病，遂亡。"

②筋力：筋骨之力。汉·王充《论衡·物势》："夫物之相胜，或以筋力，或以气势，或以巧便。"

浅解：

　　此诗描绘了画中山景，微月悬挂，秋风吹拂，大雁低飞，宁静的环境让已老的身躯仍能安处，谈论诗歌，平和之境萌生。

简译：

　　数日山中别斋谈论诗歌，春风拂微月升大雁低飞。老来筋骨之力还能安处，看取波面平静如同掌心。

　　　　四十年间千首诗，支公①神骏②足云姿。
　　　　金丹九转③工裁句，偏爱山程水驿④时。

注释：

①支公：支道林（314—366），晋代高僧。名遁，以字行。陈留（今河南开封）人。其作《即色游玄论》，宣扬"即色是空"，发挥般若学的性空思想，为般若学六大家之一。

②神骏：姿态雄健。

③金丹九转：九转丹。宋·陆游《次韵师伯浑见寄》："万钉宝带知何用，九转金丹幸有闻。"

④水驿：是以船为主要交通工具的驿站。

浅解：

　　此诗描绘仙境般的画面之景，亦从中表达了自己对诗歌的嗜好以及对淡雅诗风的追求。

简译：

　　四十年间赋作千余首诗，支公姿态雄健如履云天。裁剪诗句如同修炼金丹，偏爱这山途中的水驿站。

　　　　独好杯中日日诗，茗搜文字更增姿。
　　　　玉璜①天际谁梳洗，奈此夜山片月时。

注释：

①玉璜：一种早在新石器时代已出现的饰件，被《周礼》一书称为是"六器礼天地四方"的玉礼器。

浅解：

　　此诗阐述了饶公对茶道和诗歌的喜爱，尤其在欣赏纯净如玉、静夜悬月之佳画更能触景感悟。

简译：

　　独好杯中每日相伴诗歌，品茗茶搜文字更增英姿。天空如同玉璜是谁梳洗，怎奈夜色山中片月悬空。

屏山围处合鏖诗①，瓶里胡姬②绝世姿。
寄语玉人休劝酒，柳花不似故园时。

注释：

①鏖诗：鏖，激烈地，喧扰。此处指寻觅诗句。
②胡姬：胡姬花就是兰花，东南亚人民通称兰花为胡姬花。

浅解：

　　层峦叠嶂，兰花绽放，画中柳花虽美，但却引起了饶公对故乡的思念。诗中感情真挚，亦体现了画境之真。

简译：

　　山峦屏围最合寻觅诗句，瓶中兰花展露绝世美姿。寄语佳人莫要劝我喝酒，柳花不像故园那般美好。

泉声带雨欲搜诗，咫尺阴晴已易姿。
试向曹溪①分一滴，万山萧寺②闻钟时。

注释：

①曹溪：水名，在广东省曲江县东南双峰山下。以六祖慧能在曹溪宝林寺演法而得名。六祖曾在曹溪达四十年之久。

②萧寺：唐·李肇《唐国史补》卷中："梁武帝造寺，令萧子云飞白大书'萧'字，至今一'萧'字存焉。"后因称佛寺为萧寺。

浅解：

　　雨停天气渐晴，钟声悦耳，画境之中体现一片清净之意，可从诗中获得体验。

简译：

　　泉声带雨我欲搜寻诗句，远近阴去又晴变化极快。试向曹溪分得一滴清水，山中佛寺传来悦耳钟声。

林栖①坐咏②偈③兼诗，烟锁横塘④夕变姿。
雨过柴扉人迹少，万花一鸟不鸣时。

注释：

①林栖：指在山林隐居，此指住于山中。五代·王定保《唐摭言·慈恩寺题名游赏赋咏杂记》："迹来林栖谷隐，栉比鳞差"。

②坐咏：坐着吟诗。形容读书用功。

③偈：梵语"颂"，即佛经中的唱词。简作"偈"。

④横塘：横塘，是苏州非常著名的一条古堤名，以此古堤为内容所作的很多，著名的有南宋文学家范成大所写七言绝句。

浅解：

　　画中山林的恬静正好和诗歌贴近，黄昏烟雾笼罩雨水飘飞、万籁俱静的画境亦和诗人心绪贴切。

简译：

　　栖身山林端坐吟诵诗句，烟雾笼罩横塘黄昏变姿。雨水临门四周人迹稀少，万花之中没有一鸟啼鸣。

雁字①寥天②那逊诗，白苹③风里绿杨姿。
小船摇曳归何处，指点颓阳④没水时。

注释：

①雁字：成列而飞的雁群。群雁飞行时常排成"一"或"人"字。唐·白居易《江楼晚眺景物鲜奇吟玩成篇寄水部张员外》诗："风翻白浪花千片，雁点青天字一行。"

②寥天：辽阔的天空。唐·姚月华《怨诗寄杨达》："登台北望烟雨深，回身泣向寥天月。"

③白苹：田字草。多年生浅水草木，常见于沟渠中。中国各地都有分布，全草入药。

④颓阳：落日。《文选·谢瞻〈王抚军庾西阳集别作〉诗》："颓阳照通津，夕阳暖平陆。"

浅解：

　　此诗描绘了黄昏时分群雁飞掠、风吹草木的湖河之景，小船轻泛江边，人们欲往何处归还？饶公道出夜晚归家喜悦的田园气息。

简译：

　　辽空成列雁群不亚于诗，风吹白苹绿杨轻展身姿。小船摇曳将要归往何处，看那夕阳西下落入水中。

不仗春风与补诗，无人赏处有幽姿①。
姚黄魏紫②皆陈调，最念亭亭玉立时。

注释：

①幽姿：幽雅的姿态。南朝·宋·谢灵运《登池上楼》诗："潜虬媚幽姿，飞鸿响远音。"

②姚黄魏紫：姚黄指的是千叶黄花牡丹，出于姚氏民家；魏紫指的是千叶肉红牡丹，出于魏仁溥家。原指宋代洛阳两种名贵的牡丹品种，后泛指名贵

的花卉。宋·欧阳修《绿竹堂独饮》诗："姚黄魏紫开次第，不觉成恨俱零凋。"

浅解：

此诗点明春花绽放时亭亭玉立、婀娜多姿的繁盛之景。诗中认为不用春风增色，嘉卉亦无需人们品味欣赏，有种孤芳自赏的意趣。

简译：

不用依仗春风增补诗句，无人欣赏亦是幽雅多姿。姚黄魏红牡丹皆是陈调，最为惦念亭亭玉立之时。

疏星历历最宜诗，涧水^①无声泻俏姿。
隔个窗儿看更澈，四围秋色未寒时。

注释：

①涧水：原指出自永安县南白石山的溪流。《山海经》曰："白石之山，惠水出于其阳，东南注于洛，涧水出于其阴，北流注于谷。世谓是山曰广阳山，水曰赤岸水，亦曰石子涧。"后指夹在两山间的水沟的水。

浅解：

秋天夜晚，寒凉未至，星辰隐约可见，山间流水静默流泻。无声之画展现有声之感，让人如临其境。

简译：

疏星依稀可见最宜入诗，山间涧水无声倾泻俏姿。隔着窗儿看得更加澄澈，秋色环绕天地寒凉未至。

长薄^①清川美似诗，傍崖幽草自成姿。
茅茨^②可有倪高士^③，秋到滩平水落时。

注释：

①长薄：绵延的草木丛。《楚辞·招魂》："路贯庐江兮左长薄，倚沼畦瀛兮

遥望博。"

②茅茨：茅草盖的屋顶。亦指茅屋。《墨子·三辩》："昔者尧舜有茅茨者，且以为礼，且以为乐。"

③倪高士：倪瓒（1301－1374），元末明初画家、诗人。初名斑，字泰宇，后字元镇，号云林子、荆蛮民、幻霞子等。江苏无锡人。存世作品有《渔庄秋霁图》《六君子图》《容膝斋图》等。

浅解：

画中草木繁盛、山川绵延，幽草生长于崖壁之上，画美如诗，画中茅屋亦让饶公遐想，是否当年画家倪瓒就住在当中？极富想象力诗意，亦是对此画创作者画风如倪高士的褒扬。

简译：

草木绵延山川美若诗歌，幽草依傍崖壁独立展姿。破旧茅屋可有倪瓒高士，平滩潮汐退去秋天已到。

鲲化为鹏①意比诗，庄生②漫衍③故多姿。
山河大地都如许，收拾赋心入定④时。

注释：

①鲲化为鹏：典故见《庄子·逍遥游》，传说有一大鱼名曰鲲，长不知几里，宽不知几里，一日冲入云霄，变做一大鸟可飞数万里，名曰鹏。

②庄生：即庄子。

③漫衍：无拘无束。

④入定：入定即入于禅定。有时得道者的示寂，也称为入定。定为三学、五分法身之一，能令心专注于一境。可区分为有心定、无心定等。有为佛道修行而入定者，亦有为等待多年后将出现于世的圣者而入定者。若欲入定者出定，以向其人弹指为佳。据《大唐西域记》载，摩诃迦叶受佛遗嘱，入定于鸡足山中；清辩论师则没身于南印度阿素洛宫，以待弥勒出世。

浅解：

此诗谓山河大地与人心皆有其积淀而蜕变的过程，宛如鲲化为鹏，人入于禅定，体现画中景象令人渐入其境的生动与真实。

简译：

鲲化为鹏其意堪比诗歌，庄子放荡不羁英姿潇洒。山河大地皆是如此境地，收拾赋作心情入于禅定。

寂寥人外可无诗，手摘星辰布仙姿①。
肘下诸峰②争起伏，迷离宛溯上皇③时。

注释：

①仙姿：用以形容非凡的姿貌。宋·朱松《答林康民见和梅花诗》："仙姿不
　受凡眼污，风敛天香瘴烟里。"
②肘下诸峰：肘下，即手臂之下，此指用手绘画山峰。
③上皇：太古帝皇之时。

浅解：

此诗纵横六合，俯仰自得。描绘了画作中深山密林中迷离之境，其空间万象如仙境、如太古混沌之状。

简译：

寂寥无人可与诗歌相伴，手摘星辰布置非凡之姿。肘下呈现山峰竞相起伏，迷离之貌宛如太古之时。

画史常将画喻诗，以诗生画自添姿。
荒城远驿烟岚①际，下笔心随云起时。

注释：

①烟岚：山林间蒸腾的雾气。

浅解：

此诗阐述了自古以来诗画同源之说，将画比作诗，用诗意创作画境，历来为人称道。惟有"心随云起"般天人合一才能以诗心驱遣画笔，化腐朽为神奇。

简译：

绘画史论常将画比作诗，以诗歌融入画自然生姿。荒芜远地驿站雾气蒸腾，下笔心境伴随云起云落。

> 画家或苦不能诗，嫫母^①西施各异姿。
> 物论何曾齐不得，且看一画氤氲^②时。

注释：

①嫫母：又名丑女。传说 5000 年前，黄帝为了制止部落"抢婚"事件，专门挑选了品德贤淑，性情温柔，面貌丑陋的丑女（封号嫫母）作为自己第四妻室。楚·屈原《楚辞·九章》："妒佳冶之芬芳兮，嫫母姣而自好。"

②氤氲：指湿热飘荡的云气。《易》："天地氤氲，万物化淳。"

浅解：

此诗道出以诗生画有其可能性和必然性。具备诗书画印等多方面才能的画家能集其大成绘制出佳作。画家若不能诗，所作必如嫫母。诗中有画，画中有诗，如天地阴阳之聚合，方臻妙境。

简译：

画家苦闷没有能力赋诗，嫫母西施各有各的姿态。物与物间何曾不能齐聚，且看此画云起飘荡之时。

> 何当得画便忘诗，搔首无须更弄姿。
> 惟有祖师弹指^①顷，神来笔笔华严^②时。

注释：

①祖师弹指：捻弹手指做声，佛家多比喻时间短暂。《达摩祖师传》："时六宗徒众，亦各念言：佛法有难，师何自安？祖遥知众意，即弹指应之。六众闻云：'此是我师达摩信响，我等宜速行，以副慈命。'"

②华严：即华严宗，中国佛教宗派之一。华严（一名"花饰"）源自梵语的

avatamsaka 的汉译名称。该宗以《华严经》为主要典籍，探讨以毗卢遮那佛为中心的一真法界。

浅解：

此诗以"艺术换位"论如何以诗生画。诗与画是相对独立之艺术门类，画可取诗之美，把诗意化为画境，不矫揉造作才能将对方之美，自然过渡到自己的美。至于诗之素养，则如平常参禅一样修炼，厚积薄发。当达到如祖师之修为，作画下笔自然信手拈来，化用自如，描绘出华严大乘境界。

简译：

哪里需要得画便忘记诗，无须以手搔头卖弄身姿。惟有达摩祖师弹指之间，神来之笔展现华严境界。

宋元吟韵继声十首

乱草如愁不可名，远山远水梦牵萦。
荒陂①落日城头客，离绪②连根刬又生。
（和宋刘敞春草）

注释：

①荒陂：荒芜的山坡。
②离绪：惜别时的绵绵情思。唐·温庭筠《与友人别》诗："薄暮牵离绪，伤春忆晤言。"

浅解：

　　此诗写理于景。首二句铺垫离别之题，三句一转由离别道出生离死别是人生最为悲伤之事。

简译：

　　乱草如同愁苦不可名状，遥远山川流水如梦牵萦。日落荒坡城头驻留旅客，惜别情思抽去而又萌生。

林簇楼非碍①，水纡②草竞荣。
独行花外客，幽梦续潮生。
（和宋真德秀草）

注释：

①非碍：不是阻碍。唐·般刺蜜帝译《楞严经》："五眼颂云：'天眼通非碍，肉眼碍非通，法眼唯观俗，慧眼了知空真谛，佛眼如千日，照异体还同同是如来藏，清净本然平等一相，明法界内，无处不含容。'"
②水纡：流水迂回。

浅解：

　　画中森林簇拥着楼阁，流水在草木之中迂回而流，有客独行其中，幽静恬淡之境宛若伴着潮汐而生。

简译：

　　林拥楼阁并非阻碍，流水迂回草木峥嵘。花外有客独自行进，幽梦伴随潮汐而生。

　　　　　　人许侣鱼虾①，蒹葭②即是家。
　　　　　　隔邻秋水至，僧舍拾残花。
　　　　　　（和宋郭祥正西村）

注释：

①侣鱼虾：以鱼虾为伴侣。宋·苏轼《赤壁赋》："况吾与子渔樵于江渚之
　上，侣鱼虾而友麋鹿，驾一叶之扁舟，举匏樽以相属。"
②蒹葭：芦荻，芦苇。蒹，没有长穗的芦苇；葭，初生的芦苇。《诗经·国
　风·秦风》："蒹葭苍苍，白露为霜。"

浅解：

　　诗中描绘了芦苇荡旁农家之景。芦苇人家，鱼虾相伴，山洪冲刷而过，闲暇之时细捡残败的花朵。

简译：

　　人可以与鱼虾为伴，芦苇之旁即是家门。隔邻秋季山洪已来，寺庙之中拾捡残花。

　　　　　　瘦马兀①予怀，眷顾踏残月。
　　　　　　依草有落花，拂著满身雪。
　　　　　　（和宋孔文仲早行）

注释：

①兀：兀立。

浅解：

画中的瘦马引人入胜，天上的残月也让人产生思念之情，花儿落于草边，雪花落于人身。诗歌将画景鲜明地描绘出来。

简译：

瘦马兀立我的心中，残月之下萌生眷恋。凋谢之花依偎草木，轻拂满身上的雪花。

> 笔洗①数峰和雨湿，眼明②返照染江红。
> 高丘独立谁同梦，丛竹萧萧暮霭中。
> （和宋林逋水亭秋日偶成）

注释：

①笔洗：指用笔作画。
②眼明：指被阳光照得清晰可见。

浅解：

雨洗山峰，艳阳重升让江水更加红艳。画中人独立高丘之上，感叹孤独，好在有高洁的竹林与自己相伴。

简译：

笔下数峰被雨水沾湿了，日光让江水更加的红艳。独立高丘上谁与我同梦，暮霭之中丛竹依稀能见。

> 九载居然此面壁①，一峰天半削成石。
> 此翁活计②怪可怜，歪屋数间无人迹。
> （和宋郭祥正访隐者）

注释：

①九载居然此面壁：中国佛教禅宗始祖达摩在少林寺面壁静修了九年。后比喻在学习上下的功夫极深。

②活计：指宗教徒修行的功课。宋·惠洪《冷斋夜话》卷六："予时方十六七，心不然之，然闻清修自守，是道人活计，喜之耳。"

浅解：

此诗所题之画当为达摩祖师画像。达摩祖师面壁，九是一个虚数，不是实数。因为从一数到九后，就要重新开始计数，九实是数中之最大者，也是数的极限。意思是说，人们只有修行修到极处，功行圆满，才能够明心，开始新的生命。此诗表达了对达摩面壁之事的佩服和对清幽之境的向往。

简译：

九年多来居然在此面壁，半空中山峰被削成奇石。此翁的修行足让人怜悯，人迹罕至之地楼屋倾斜。

秋山一片云，掷向江流去。
凭槛尔何心，疏枝劝少住。
（和宋徐直方观水）

浅解：

此诗描绘了秋天山水之景，凭栏眺望，枝叶稀疏，让人留恋而驻足。

简译：

秋山藏于云烟之中，随着江流一同飘去。依靠栏杆有何心绪，稀疏枝叶劝人驻留。

目极青山绕郭，心随湖水平田。
路转两三松外，奇峰欲蹴①昊天②。
（和宋陈普野步）

注释：

①蹴：踢、踏。此指山峰与天接近。
②昊天：苍天。

浅解：

青山绕城，湖水梯田一望无际，松树立于蜿蜒路旁，险峰高耸入天。诗中反映了山水诗境般的画作，让人平淡而宁静。

简译：

眼前青山环绕城郭，心境如同湖水平田。道路蜿蜒松树林立，奇峻山峰与天相接。

> 白苇黄茅已际空，浮生才解信飞蓬[①]。
> 谁怜大地鱼虾尽，羡煞烟波一钓翁[②]。
> （和元黄庚林水云居）

注释：

①飞蓬：指枯后根断遇风飞旋的蓬草。《诗·卫风·伯兮》："自伯之东，首如飞蓬。"此处代指漂泊不定的行踪。

②谁怜大地鱼虾尽，羡煞烟波一钓翁：出自石涛《渔翁垂钓图》中题诗句"可怜大地鱼虾尽，犹有渔翁理钓竿"。

浅解：

此诗用夸张、反衬的手法表现了画中景色之美：连垂钓者也已经顾不得河中有无鱼虾，而移情于眼前赏心悦目之景。

简译：

白芦苇黄茅草已接天际，一生漂泊才解飞蓬不易。谁会可怜大地鱼虾死尽，美景令钓鱼翁羡慕不已。

> 雨歇叶纷纷，双松路半分。
> 行人空往返，桥外礼孤云。
> （和元王行松云二士）

浅解：

清新雨后，松树亭立，行人穿梭于路途，孤云于桥外相伴。此诗营造了一种平淡幽雅之境。

简译：

雨已停歇叶子飘落，松树两行半分道路。行人徒然往返其间，桥边孤云以礼相待。

石涛上人宋元吟韵跋

石涛宋元吟韵十二纸（据早行题误云："取宋元诸公吟韵，图成一十二。"应称"吟韵"为是），曩曾由神州国光社泰山藏石楼印行成册。《日本南画大成续集（一）》明清十一家山水集锦影印只十幅，而缺其二。

上人所绘题刘攽《春草》一首，检攽著《彭城集》无之，实为刘敞所作。武英殿聚珍版丛书本公是集卷二十八有此首，云："春草绵绵不可名，水边原上乱抽荣。似嫌车马繁华处，才入城门不见生。"（丛书集成本同）石涛录此作"水边上乱抽萦"。水边句"上"字夺去一字，应据补作"原上"，又荣字作萦。首句"不可名"作"未有名"。末句"不见生"作"便不生"。第三句作"繁华地"，均异。清乾隆时江宁严长明用晦选《千首宋人绝句》，卷二亦收刘敞此首，作"才入城门便不生"，与石涛同。但第二句萦字作茎，知此句竟有荣、萦、茎三者之歧，不知石涛所据为何本，但误其作者刘敞为刘攽，以兄为弟，殆凭记忆信手录出，偶疏忽耳。

去岁闻均量以巨金购入此册，海外未获快睹，一时兴之所至，取《南画大成》十帧，以竟夕之力，橅其大意，和以俚句，非敢附骥，但表心慕而已。及见原迹，始悟石涛用色之工，濡染淋漓，良不可及。余画一文不值，百世后不知如何？书此聊自解嘲。癸亥选堂

题画绝句

流水人家曳柳条，秋风曾系木兰桡①。
阊门②暂慰它年梦，暮雨疏烟忆六朝③。

注释：

①木兰桡：木兰舟上的船桨。

②阊门：吴门，苏州古城西门。西晋·陆机《吴趋行》："吴趋自有始，请从阊门起。"

③六朝：三国吴（或称东吴、孙吴）、东晋、南朝宋（或称刘宋）、南朝齐（或称萧齐）、南朝梁、南朝陈这六个朝代。

浅解：

六朝之事呈现于画作之中，让饶公借以缅怀旧事，心绪得以慰藉。

简译：

门前流水穿行柳条摇曳，秋风围绕着木兰舟船桨。瞻仰阊门旧梦暂得慰藉，在暮雨疏烟中缅怀六朝。

路入深林不计层，好云表秀复藏棱①。
诸峰清苦巨然②笔，商略山居学老僧。

注释：

①藏棱：棱角藏于其中，即深藏不露。

②巨然：五代画家，僧人。以长披麻皴画山石，笔墨秀润，为董源画风之嫡传，并称"董巨"，对元明清以至近代的山水画发展有极大影响。有《万壑松风图》《秋山问道图》《山居图》等传世。

浅解：

云外表里秀绝、山峰清苦竟可媲美巨然画风，饶公此诗对画作评价颇高。

简译：

　　林路接连不断层出不穷，云彩外表秀丽内含玄妙。山峰清苦宛如巨然之笔，商略山居学习老僧画风。

　　　　石洞玲珑地势殊，丹林①黄叶隐仙癯②。
　　　　扁舟载得浮萍去，浩荡无心到具区③。
　　　　（绀宇秋林图）

注释：

①丹林：枫林。
②仙癯：多指清癯、退隐之士。语本《汉书·司马相如传下》："列仙之儒居山泽间，形容甚臞。"
③具区：太湖之古称，另一古称为"震泽"，又名"五湖"、"笠泽"，是古代滨海湖的遗迹，位于江苏和浙江两省的交界处，长江三角洲的南部。大约在 100 万年前，太湖还是一个大海湾，后来逐渐与海隔绝，转入湖水淡化的过程，变成了内陆湖泊。

浅解：

　　此诗描述了清雅平淡的画风，枫林石洞，小舟泛于湖中，给人一种"浩荡无心"之心境，平静而恬然。

简译：

　　石洞精巧细致地势迥异，枫林枯叶之中隐居高士。小舟轻曳驶向浮萍之中，心无旁鹜浩荡直到湖中。

　　　　画里磵阿①可卜居②，一丘一壑足三余③。
　　　　临流独欲思濠濮④，林水云山胜道书⑤。
　　　　（写幽磵寒松和董思翁韵）

28

注释:

①磵阿:弯曲的山沟。

②卜居:择地居住。唐·杜甫《寄题江外草堂》诗:"嗜酒爱风竹,卜居必林泉。"

③三余:闲余时间。董遇"三余"读书,指读好书要抓紧一切闲余时间。出自鱼豢的《魏略·儒宗传·董遇》。

④濠濮:指闲适无为、逍遥脱俗的情趣。濠,濠水,在今安徽凤阳县东北。濮,濮水。源出河南封丘县,流入山东境内。

⑤道书:道教宗派的创始人在得道后对世托言。

浅解:

山中沟壑密布,适合人们居住度过休闲时光,山林、流水、云霞更胜道家思想诗人感到闲适逍遥。

简译:

画中山沟涧水适宜居住,一丘一壑足以安享闲暇。独自面临流水追忆濠濮,林水云山胜过道家之书。

萧寥凉树杂尖风①,懒瓒②心情或许同。
残墨自磨还自试,乱云飞下不成峰。

注释:

①尖风:刺人的寒风。唐·李商隐《蝶》诗:"只知防浩露,不觉逆尖风。"

②懒瓒:懒瓒和尚又名懒残,法号明瓒。据《高僧传·明瓒传》记载,他性格怪异,举止懒散,"众僧营作,我则晏如,纵被诋诃,殊无愧耻。时目之懒瓒也"。意为众僧劳动,他则悠闲自在,即使受到别人的斥责,他也表现不出惭愧的样子,因此被人称为"懒瓒"。

浅解:

迥异的画风让饶公赞叹,孤芳自赏般的个性更加引人注目,"懒瓒心情或许同":或许只有懒瓒和尚才配说感同身受。

简译：

　　树木冷落夹杂刺骨寒风，懒瓒和尚心情或许如此。自己磨墨而且尝试创作，云朵杂乱山峰无法辨别。

　　　　风吹雨洗胜于蓝，一叶摇秋百不堪。
　　　　自有客怀清绝处，断霞疏柳似江南。

浅解：

　　经过风吹雨洗的景物更加耳目一新，片叶知秋的悲情亦让人不堪承受，然而自然有人能够于悲苦之中傲然独立，领略不同往时的秋季之景，包括饶公自己。

简译：

　　风吹雨洗景色更为优美，一叶摇落秋天让人不堪。自然有清绝的异乡情怀，片霞疏柳似于江南之景。

　　　　独往深情孰与俱，山如飞白①树如芜。
　　　　乱峰和梦浑难辨，入座春风笔不枯。

注释：

①飞白：书法中的一种特殊笔法，相传是书法家蔡邕受了修鸿都门的工匠用帚子蘸白粉刷字的启发而创造的。

浅解：

　　此诗阐述了所题之画的技法和意境，如飞白般笔法画山色，树木错综复杂，春风拂来，如入梦境。

简译：

　　独来独往之情谁能俱全，山如飞白笔法树木乱生。乱峰如同梦境难以辨清，春风入座笔墨不曾干枯。

　　　　盘涡①浴燕憺②忘归，漫倩③游丝④挂落晖。
　　　　领略黄昏情味好，春风摇曳水深围。

注释：

①盘涡：水旋流形成的深涡。

②憺：安然恬静。

③漫倩：曼妙优美姿态。

④游丝：指缭绕的炉烟。唐·杜甫《宣政殿退朝晚出左掖》诗："宫草微微
　　承委佩，炉烟细细驻游丝。"

浅解：

　　黄昏春水之景在饶公笔下显得鲜明而美好，诗中借燕子忘归之意反映出
人们对美景留恋，透露出恬静安然的境界。

简译：

　　沐浴漩涡之燕忘记归去，夕阳之下倩影伴着烟缕。赏略黄昏情味如此美
好，春风摇荡流水围绕身旁。

河湟①入梦若悬旌②，铁马坚冰纸上鸣。
石窟春风香柳绿，他生愿作写经生③。
（自题莫高窟图，为苏莹辉作）

注释：

①河湟：指今青海省和甘肃省境内的黄河和湟水流域，此指莫高窟。

②悬旌：挂在空中随风飘荡的旌旗。《战国策·楚策一》："寡人卧不安席，
　　食不甘味，心摇摇如悬旌，而无所终薄。"

③写经生：指唐代由官府或私人出于供奉佛祖、超度亡灵的需要而雇佣的以
　　楷书抄写佛经群体。

浅解：

　　此诗题写莫高窟壁画，莫高窟始建于十六国的前秦时期，历经十六国、
北朝、隋、唐、五代、西夏、元等历代的兴建，形成巨大的规模，有洞窟
735 个，壁画 4.5 万平方米、泥质彩塑 2415 尊，是世界上现存规模最大、

内容最丰富的佛教艺术地。饶公在莫高窟，壮观壁画让饶公如至古时战场，铁骑奔腾，旌旗飘荡，千军万马之势给人以开阔之感。饶公在感叹的同时，也美慕当初将艺术生命奉献给石窟的先辈，竟萌生写经抄书之意，反映了饶公对石窟文化的重视和敬佩。

简译：

黄河湟水宛若悬挂旌旗，铁骑如履坚冰跃然纸上。春风吹拂石窟绿柳飘香，来生愿意作抄经书之人。

东风力可护花残，似夏长年忽岁阑①。
且折一枝聊寄与，教人知道有春寒。
（题梅）

注释：

①岁阑：岁暮，一年将尽的时候。唐·司空图《有感》诗："岁阑悲物我，同是冒霜萤。"

浅解：

此诗咏梅，却能出奇，百花凋谢，梅花能傲雪独立，然此时炎炎热气未散，饶公只能借梅枝幻想春之余寒。这既表现了梅花的特质，又反衬了天气的不寻常。

简译：

东风之力可让花儿凋零，长年如夏忽然已到岁末。姑且折取一枝聊表心事，让人知道春来有余寒。

群山远势与湖平，老屋疏林倚晚晴。
欲为米家祛懵懂②，楚天云雾一江清。

注释：

①米家：宋代米芾、米友仁父子所创作的山水画风。

浅解：

　　此诗描绘了山水画清新脱俗之意境，诗中借米家山水朦胧画风来反衬此画的清绝。

简译：

　　远处群山似与湖面齐平，屋老林疏傍晚天气放晴。要为米家祛除朦胧之风，天际云雾萦绕江水清澈。

　　　　垂柳疏疏绿又新，经霜了不染微尘。
　　　　索居①难出凌霄塔②，愿作榆城③一画人。
　　　　（时在新港耶鲁大学）

注释：

①索居：孤独地散处一方。《礼记·檀弓上》："吾离群而索居，亦已久矣。"
②凌霄塔：陕西榆林市的著名寺塔，建于明正德十年（公元1515年）。以凌霄塔位于"榆城"，用之借代美国"榆城"的耶鲁大学。
③榆城：耶鲁大学坐落于美国纽黑文市。城区广植榆树，有"榆城"之称。

浅解：

　　耶鲁大学曾被一名建筑评论师誉为"美国最美丽的城市校园"，该校建筑物涵盖了各个历史时期不同的设计风格。饶公在耶鲁大学赏略美景，愿为眼前美景创作画作留下记忆。

简译：

　　稀疏垂条之柳又发新绿，经过霜雪洗涤不染微尘。孤独休憩难避凌霄之塔，心甘情愿在榆城作画翁。

　　　　远浦①低昂②日欲斜，寒鸦数点即天涯。
　　　　孤舟一系心千里，且傍芦花处处家。

注释：

①远浦：出海口。

②低昂：起伏；升降。

浅解：

此诗阐述出海捕鱼、早出晚归的渔民的心境，借此来表现画作中的人文气息，诗末句"处处家"颇有苏轼"此心安处是吾家"的达观之感。

简译：

远海起起伏伏日头西斜，寒鸦稀稀疏疏远在天边。孤零小舟心系千里之外，依傍芦花即可处处为家。

婀娜柔条①可待秋，孤亭寒水去悠悠。
廿年我亦天南客，不为看山始白头。

注释：

①柔条：嫩枝；柔软的枝条。三国·魏·曹植《美女篇》："柔条纷冉冉，叶落何翩翩。"

浅解：

画作中柳条婀娜，孤亭独立，寒水流逝，秋天凄清之景让饶公想到自身的处境，感叹时光易逝而人生不易之思，还没有好好欣赏沿途的风景，早已白发上头，令人无奈。

简译：

婀娜柔枝迎接秋天来临，孤亭之旁寒水悠悠流逝。二十年我行走天南地北，无法赏略山水头发已白。

排闼①两山入眼青，疏林长坂旧曾经。
回头三十年前事，犹有泉声护草亭。

（碧寒移居薄扶林，面海背崖。屋后流水潺湲，诚幽栖佳地。顷出示壬午临石田长卷，画中景物，仿佛眼前，因为题句，以志胜缘）

注释：

①排闼：推开门。宋·王安石《书湖阴先生壁》诗："一水护田将绿绕，两山排闼送青来。"

浅解：

饶公居住香港薄扶林，触景生情，重拾旧作，回忆三十年前在此创作《壬午临石田长卷》的情景，历历在目，深有感触。

简译：

推门两座青山映入眼帘，疏林长坡让人想起曾经。回忆起三十年前的旧事，仿佛还能听到草亭泉声。

> 派衍①隔山出愈奇，平沙折苇雁来时。
> 笔端芍药偏含雨，肘外寒蝉独挂枝。
> （题少昂惬心之作）

注释：

①派衍：原指宗族支派繁衍。《花月痕》第五回："则有家传汉相，派衍苏州。"此指山峰连绵。

浅解：

山峰延绵，沙滩芦苇遍地，芍药花丰润惊艳，大雁空中飞掠，寒蝉栖身树中，写意山水往往透出意境。

简译：

延绵山峰愈加险峻奇特，沙丘芦苇弯曲去雁归回。笔端芍药湿润如含雨水，肘外寒蝉独挂枝头之上。

> 忍寒草树更含滋，岸赭①山青又一奇。
> 隔磵②苔深岩骨峭③，冷泉流梦忽移时。
>
> （题袭明册页）

注释：

①岸赭：红色的河岸。

②隔碉：隔着山沟。

③岩骨峭：比喻诗文书画雄健有力的风格可称"风骨峭峻"。此处亦是。

浅解：

　　此诗反映冬末山景，寒气未曾散去，山中树木已现荫绿，并借画景感叹岁月流逝之急速。

简译：

　　耐寒花草树木更加丰润，岸艳红山青绿令人称奇。山沟苔藓密布岩石峭峻，冰冷泉水随梦忽然流逝。

　　　　　屋外平添湖水深，湖风吹雨绿成荫。
　　　　　也知鹤唳①浑如昔，愁听昏鸦②更满林。
　　　　（题徐邦达画张氏静园图）

注释：

①鹤唳：鹤鸣。清·王充《论衡·变动》："夜及半而鹤唳，晨将旦而鸡鸣。"

②昏鸦：黄昏归巢的乌鸦。

浅解：

　　静园之外山景美艳，湖水山林密布，飞禽走兽穿梭其中，饶公的愁绪也随之飘远。

简译：

　　屋外湖水幽深增添美色，湖风夹杂细雨碧绿成荫。也知道鹤鸣如同往昔般，愁情伴着昏鸦遍布森林。

　　　　　摇落①江山万里遥，何人此处泛兰桡②。
　　　　　断崖空自悬千尺，隔水林风我欲招。
　　　　（题一鹏山水）

注释：

①摇落：凋残，零落。《楚辞·九辩》："悲哉秋之为气也！萧瑟兮草木摇落
而变衰。"

②兰桡：兰舟，船的美称。宋·秦观《临江仙》："千里潇湘接蓝浦，兰桡昔
日曾经。"

浅解：

　　远山飘渺，近水泛舟，悬崖高耸，林风徐来。让人感到舒心畅快。

简译：

　　万里江山零落遥遥飘渺，谁人在此地轻泛着小舟。悬崖断壁落差足有千
尺，隔江我欲迎接森林来风。

心畬①摹写李公麟②丽人行图卷，工丽绝伦。伯时原物尚存故宫，可以覆按③，而王孙④题句作明妃出塞，盖出一时误记也。之初得此出视，漫题二绝

请看近前丞相嗔⑤，长安杜曲⑥屡扬尘。
银钩⑦妙笔工描绘，聊匹⑧春蚕更可人。

注释：

①心畬：溥心畬（1896－1963）原名爱新觉罗·溥儒，初字仲衡，改字心畬，自号羲皇上人、西山逸士。清恭亲王奕䜣之孙。其画工山水、人物、花卉及书法，与张大千有"南张北溥"之誉，又与吴湖帆并称"南吴北溥"。

②李公麟：北宋著名画家。字伯时，号龙眠居士。传世作品有《五马图》等。

③覆按：同覆案。审察，查究。《史记·李斯列传》："章邯以破逐广等兵，使者覆案三川相属，诮让斯居三公位，如何令盗如此。"

④王孙：即溥心畬。

⑤丞相嗔：惹丞相生气。唐·杜甫《丽人行》："炙手可热势绝伦，慎莫近前丞相嗔。"

⑥杜曲：古地名。在今陕西西安市长安区东少陵原东南端。

⑦银钩：比喻遒媚刚劲的笔法。唐·杜甫《陈拾遗故宅》诗："到今素壁滑，洒翰银钩连。"

⑧聊匹：指随意。作画随意之笔。

浅解：

溥心畬工人物，饶公此诗更将画中的人物描绘得栩栩如生，尘土飞扬、春蚕可人的细节亦一览无遗。

简译：

请看前面丞相生气模样，长安杜曲尘土屡屡飞扬。工于描绘遒劲令人称妙，随意而作春蚕更加可爱。

驰驱①正是出宫门，秋草何曾塞日昏②。

老眼误题堪绝倒，云旗雪帐③待重论。

注释：

①驰驱：指策马疾驰；奔走效力；放纵。语出《孟子·滕文公下》："吾为之
　范我驰驱，终日不获一；为之诡遇，一朝而获十。"

②塞日昏：边塞日头即将落山。

③雪帐：以雪为帷幔。

浅解：

　　此诗对王孙题句作明妃出塞之误做了阐述，认为错有错的滋味，有争议
的东西一直以来都更加吸引人们的注意，如今重新解释，亦让画作的文化价
值更加凸现。

简译：

　　策马驱驰正好离开宫门，边塞秋草夕阳交相辉映。老眼昏花误题更是一
绝，云作旗雪作幔待我重论。

题画次倪迁①赠徐立度韵②

紫禽相对故依依，十月骄阳尚叩扉。
众绿荫中容一我，薄红纱外梦成归。
美人烟水秋同远，短鬓宵灯影自稀。
漫写羊裙③呼雁去，松脂笋脯④惜相违。

注释：

①倪迁：倪瓒（1301—1374），元末明初画家、诗人。

②赠徐立度韵：即倪瓒的《赠徐耕渔诗》韵。

③羊裙：羊欣所穿的裙。《南史·羊欣传》："欣时年十二，时王献之为吴兴太守，甚知爱之。献之尝夏月入县，欣着新绢裙昼寝，献之书裙数幅而去。"唐·张怀瓘《书断》卷中："欣着白绢裙，昼眠，子敬乃书其裙及带。欣觉欢乐，遂宝之，后以上朝廷。"后因以"羊裙"为文人间相互雅赏爱慕之典。

④松脂笋脯：松脂，松香。笋脯，把笋煮熟晾晒、加以调料的食物。

浅解：

此诗用倪迁赠徐立度韵，阐述画中秋景惟妙惟肖，鸾鸟相依，骄阳照人，将饶公带入了画境，引发饶公悲秋之感，思归不得归，惟借作画来聊解心绪。

简译：

紫色鸾鸟相对依依不舍，十月似火骄阳轻叩门扉。我容身于万绿树丛之中，隔着薄红纱窗归心似梦。秋天美人烟火同样遥远，夜里灯照鬓角人影依稀。白绢裙纸作画呼唤归雁，松脂笋干如此惺惺相惜。

白山^①图册题句

白山萦梦入模糊，黑岭穿林若有无。
踏雪看人迷远近，朔风何计慰羁孤^②。

注释：

①白山：1966 年饶公与好友戴密微一起游阿尔卑斯山、罗马剧场遗址、巴黎圣母院等地，是年 3 月遍和谢灵运诗韵赋诗 36 首，名为《白山集》。白山即是指冬日法国一侧的阿尔卑斯山。
②羁孤：羁旅孤独的人。

浅解：

此诗描绘冬日在法国一侧的阿尔卑斯山的雪景，白蒙蒙的雪花与黑压压的山林让人迷失远近，寒冷的天气又让旅人难以承受，只言片语就将阿尔卑斯山的景色和感受呈现在读者面前。

简译：

白色山峰朦胧萦回梦中，穿梭黑岭山林似有若无。踏在雪上看人远近难辨，寒风哪懂慰藉羁旅之人。

山水聊心存，北风隔千里。
何以折赠君^①，数枝斜阳里。

注释：

①折赠君：折柳枝赠人。古人离别时，有折柳枝相赠之风俗。最早出现在汉乐府《折杨柳歌辞》第一中。"折柳"一词寓含"惜别怀远"之意。

浅解：

山水寄情，折柳赠别。此诗借画境表达离别之感。

简译：

好山好水聊表心意，北风隔着千里吹拂。如何折柳赠别君卿，夕阳之下稀疏数枝。

积岭如涛带雨来，髡枝①万簇雪成堆。
野云分暝②黄昏近，试问微阳回不回。
（和东坡晚景）

注释：

①髡枝：修剪树枝。
②分暝：将暝色分开。宋·王安石《登宝公塔》："江月转空为白昼，岭云分
　暝与黄昏。"

浅解：

此诗描绘了混合山色之景，借用王安石独创的"分暝"（暝色本不可分）
"试问微阳"，将云、暝色、微阳赋予了活力和生命，似乎与天地对话，使诗
句不显生硬晦涩，更耐人寻味。

简译：

山林如同波涛带雨而来，修建千万树枝积雪成堆。旷野之云黄昏平分暝
色，敢问微弱阳光还回不回。

群山势走蛇①，其来不可已。
屋小如牵舟，红浸夕阳里。
飞雪拂空林，朔风振枯苇。
去霭密成阴，浮生薄如纸。
莽莽万重山，微绛②染千里。
山穷仆休③悲，马后峰头起。
（和东坡寒食诗韵）

辛亥岁暮，戴密微丈寄贻瑞士图册，回忆曩年白山黑湖之游，挑灯写

此，率成数纸，时除夕纮如三鼓矣。选堂记于星洲。

注释：

①走蛇：山峦蜿蜒，远看如长蛇盘折前行。
②微绛：微微泛红。
③仆休：卧倒。

浅解：

苏东坡写寒食帖时，正是他贬居异域之际，故诗意沉郁。饶公此诗一改东坡悲意而积极向上，故有人谓其有东坡"行乎其不得不行，止乎其不得不止"的隽永，也兼李太白豪迈奔放之气。

简译：

群山气势如同走蛇，来势汹汹不可以已。屋子简陋如同小舟，夕阳之下一片赤红。飘飞雪花吹拂空林，寒冷之风振荡枯苇。散去烟霭密而成阴，人的一生短薄如纸。山岭绵延无边无际，千里之内微微泛红。走到山头卧倒而悲，马之后方山峰四起。

自题五松图和李复堂 ①

复堂健笔②画五松。虬枝③枯干无一同。不费鬼斧与神工。飘然挟仙④歌咸雍⑤。盘桓⑥独抚轻万钟⑦。风生安暇较雌雄。诙谐曼倩⑧取自容⑨。呼啸孙登⑩久化龙。挥毫况如虎追风。鞭笞雷电楮墨⑪中。孤飞白云凌清空。庐山高处五老翁。岩栖⑫许我橐笔⑬从。真意戏呼谁弥缝⑭。淳风⑮正好蹑玄踪。避秦⑯大夫隔世逢。试翻沧海荡心胸。回望林幽复谷穹⑰。不将双耳听鸣虫。点头顽石劳生公⑱。疏狂⑲且欲陟华嵩。匠石⑳懒顾卧墙东。人间尚待辟蚕丛㉑。

注释：

①李复堂：李鱓，中国清代著名画家，字宗扬，号复堂，别号懊道人、墨磨人，扬州八怪之一，江苏省扬州府兴化县（今兴化市）人。传世画迹有南京博物院藏《土墙蝶花图》轴、故宫博物院藏《松藤图》轴等。

②健笔：雄健的笔，此指擅长创作。南朝·陈·徐陵《让五兵尚书表》："虽复陈琳健笔，未尽愚怀。"

③虬枝：盘曲的树枝。清·纳兰性德《金山赋》："珍卉含葩而笑露，虬枝接叶而吟风。"

④挟仙：与仙人携手。语出宋·苏轼《赤壁赋》："挟飞仙以遨游，抱明月而长终。"

⑤咸雍：辽代年号（公元1065—1074），辽道宗耶律洪基第二个年号，辽国使用该年号共10年。

⑥盘桓：引申为傲慢自大貌。晋·孙楚《为石仲容与孙皓书》："拥带燕胡，冯凌险远，讲武盘桓，不供职贡。"

⑦万钟：指优厚的俸禄。《孟子注疏》卷四下《公孙丑章句下》："我欲中国而授孟子室，养弟子以万钟，使诸大夫国人皆有所矜式。"

⑧曼倩：东方朔（公元前154—前93），西汉辞赋家。

⑨自容：谓自己得以容身。《淮南子·览冥训》："群臣准上意而怀当，疏骨肉而自容。"

⑩孙登：字公和，西晋高士。

⑪楮墨：纸与墨。借指诗文或书画。唐·刘知几《史通·暗惑》："无礼如彼，至性如此，猖狂生态，正复跃见楮墨间。"

⑫岩栖：在山洞里住居，常用为隐居的代称。五代·韦庄《赠薛秀才》诗："欲结岩栖伴，何处好薛萝？"

⑬橐笔：古代书史小吏，手持囊橐，簪笔于头，侍立于帝王大臣左右，以备随时记事，称作持橐簪笔，简称"橐笔"。后亦以指文士的笔墨耕耘。

⑭弥缝：缝合；补救。《左传·僖公二十六年》："桓公是以纠合诸侯，而谋其不协，弥缝其阙，而匡救其灾。"

⑮淳风：敦厚古朴的风俗。晋·葛洪《抱朴子·逸民》："淳风足以濯百代之秽，高操足以激将来之浊。"

⑯避秦：晋·陶潜《桃花源记》："自云先世避秦时乱，率妻子邑人，来此绝境，不复出焉。"后以"避秦"指避世隐居。

⑰谷穹：山谷天穹。

⑱生公：晋代高僧竺道生的尊称。相传生公曾于苏州虎丘寺立石为徒，讲《涅槃经》。至微妙处，石皆点头。唐·李绅《鉴玄影堂》诗："深夜月明松子落，俨然听法侍生公。"

⑲疏狂：指豪放，不受拘束。唐·白居易《代书一百韵诗寄微之》："疏狂属年少，闲散为官卑。"

⑳匠石：即名为石的巧匠。典出自春秋《庄子·徐无鬼》。后亦用以泛称能工巧匠或擅长写作的人。

㉑辟蚕丛：胡琪为石涛《画谱》所写的《序》中，是说石涛笔墨超绝，重新开辟了绘画天地。

浅解：

　　此诗对自己创作的《五松图》的构图、技法、画境作了阐述，并且对自己画作的继承与创新进行了介绍，同时表达了自己对自然之道的追求以及开辟绘画新天地的愿望。

简译：

　　复堂雄健笔力创作五松。盘曲树枝枯干无一相同。无需费力如同鬼斧神工。飘然仙人携手歌咏咸雍。孤芳自赏轻视丰厚俸禄。风起而与静谧一决雌雄。诙谐曼倩自己得以容身。孙登呼啸而过久已化龙。挥动笔毫如同老虎追风。纸墨之中如同雷电鞭笞。孤飞白云凌驾清空之中。庐山高处屹立五个老翁。归隐山林许我笔墨耕耘。自然旨意谁人能够补全。敦朴之风正好追蹑玄理。躲秦难的大夫隔世相逢。尝试翻倒沧海坦荡心胸。回望山林幽深河谷天穹。不用双耳辨听虫子啼鸣。劳烦竺道生使顽石点头。疏狂想要登山华山嵩山。石匠懒得回头卧于东墙。人间还待开辟绘画天地。

题南田①画次其东园原诗三首韵

云过水边兴自闲，不须辛苦作荆关②。
高风黄叶添萧瑟③，迁想④神游海上山。
（恽句云："风高黄叶草堂闲。"）

注释：

①南田：恽南田（1633—1690）字寿平、正叔，号南田老人、云溪外史，白云外史等。江苏常州人。与王时敏、王鉴、王翚、王原祁、吴历合称为"清六家"。代表作有《瓯香馆集》。

②荆关：荆关指荆门山。泛指险要之地。唐·李白《送张遥之寿阳幕府》诗："寿阳信天险，天险横荆关。"

③萧瑟：拟声词，形容风吹树叶的声音。

④迁想：中国画术语。东晋·顾恺之《魏晋胜流画赞》："凡画，人最难，次山水，次狗马，台榭一定器耳，难成而易好，不待迁想妙得也。"与西晋·陆机《文赋》中所谓"浮藻联翩"含意相若。但"迁想"比之"联想"更广泛，更有目的性，画家的"想象力"出于"迁想"，也是画家"神思"的基础。故历来论中国画学的"气韵生动"，赖"迁想妙得"有以致之。

浅解：

饶公题南田画作并用其东园原诗韵作诗，将画作中秋高气爽、落叶满地的风致生动地表现出来，并用"迁想"来展现画作的创造力与想象力之绝。

简译：

白云飘过水边兴致正好，不需辛苦就能作出荆关。风吹落叶平添冷清之境，迁想妙得神游海上之山。

画到无工倍见工，欲将妙理续崆峒①。
春光呈媚知何处，尽在先生尺楮②中。

注释：

①崆峒：崆峒山属六盘山支脉，受差异风化、水冲蚀、崩塌等外动力作用，形成了孤山峰岭，峰丛广布，方山洞穴发育，怪石突兀，山势险峻，气势雄伟奇特的丹霞地貌景观。

②尺楮：画作。明·叶盛《水东日记·王元章画梅》："今人间往往有其所画梅花，断缣尺楮，人争宝之，多元章自书所题其上。"

浅解：

此诗以"无工"表达对其画工的最高褒扬。其画可逼崆峒，媚意萌生，进一步阐述其绝美之境。

简译：

画到无工境界更见功夫，要将妙理延续崆峒之地。春光呈现媚意身知何处，尽在先生这幅画作之中。

心通造化①叩幽扃②，笔挟河山袖里青。
不用抚琴山已响，松风谡谡③正堪听。
（原句云："无弦琴作山河响，莫使人从指上听。"）

注释：

①心通造化：即与自然和谐共处，人与道相通。常借以指音乐、绘画的自然流露。

②幽扃：深锁的门户。《水浒传》第一回："千古幽扃一旦开，天罡地煞出泉台。"

③谡谡：劲风声。《初学记》卷三引晋·陆机《感时赋》："寒冽冽而凄兴，风谡谡而妄作。"

浅解：

此诗指出艺术与自然相通的奥义，即唯有人道相通、天人合一，自然琴声四起，笔下河山跃然纸上，体现道法自然之理。

简译：

心通造化叩响深锁门户，笔落山河呈现袖里藏青。不用抚琴弹奏山已作响，松林风声漫漫正好聆听。

自题山水

登高谁解说山川，老树魁梧已百年。
商略云端今四皓^①，人间回首几桑田。

注释：

①四皓：商山四皓，秦时隐士，汉代逸民。是居住在陕西商山深处的四位白
   发皓须、德高望重、品行高洁的老者。他们四位分别是用里先生周术，东
   园公唐秉，绮里季吴实，夏黄公崔广。

浅解：

   饶公自题山水画作，借自己登高之想，如入画境，试跨越时空，与商山
四皓商榷：沧海桑田如今是否看透。

简译：

   登高而望谁能体悟山川，魁梧老树已经历经百年。要与云端四皓共同商
讨，回首人间看透多少世事。

古苔和墨翠如簪^①，乱石横空锁碧潭。
入梦大风吹垢去，树犹如此人何堪^②。

   是图成，或云近张大风。因忆《帝王世纪》，"黄帝梦大风吹天下尘垢皆
去。帝寤而叹曰：风为号令，遂得风后于海隅。"张风取此为字，有微意存
焉。因书大风之祥，一发轩辕之梦。丙辰冬至前十日，选堂又题。

注释：

①簪：玉簪，玉制的簪子。又名"玉搔头"。
②树犹如此人何堪：出自《世说新语·言语》："木犹如此，人何以堪？"树
   都这样（长这么大了），人就更不用说了。意思是感叹岁月无情，催人衰

老，自然规律让人无奈、感伤。

浅解：

　　此诗借用黄帝大风之梦，又以张大千取"大风"为字来体悟黄帝之梦，饶公亦借用此以描写山水画境，感叹岁月无情，自然规律的无奈。

简译：

　　苍古之苔墨翠宛如玉篸，乱石横空而出遮挡碧湖。大风入梦而将污垢吹去，树木已如此人何以承受。

题于右公①草书出师表为南大文物馆，
次东坡观堂老人草书诗韵

以翰抵壁②神乃舒。下笔振迅③成斯须④。神连笔断意若无。高闲藏真态各殊。髯翁⑤迹在人云徂⑥。

注释：

①于右公：于右任（1879－1964），汉族，陕西三原人，祖籍泾阳，是中国近现代政治家、教育家、书法家。
②抵壁：指在墙上铺纸作书画。
③振迅：抖动。《诗·豳风·七月》："六月莎鸡振羽。"《毛传》："莎鸡羽成而振讯之。"
④斯须：片刻，一会儿。《荀子·非相》："斯须之言而足听。"
⑤髯翁：髯翁是指于右任。
⑥云徂：云飞行向前。汉·扬雄《法言·寡见》："云徂乎方，雨流乎渊。"

浅解：

此诗阐述了饶公作画的方式和画作的风格，在墙上铺纸作画，振笔创作，笔断意连，如同行于云端，自然而高雅。

简译：

以笔抵壁作画神韵舒张。振抖下笔创作瞬间既成。神连笔断有意如同无意。高闲深藏真意姿态迥异。髯翁行自云飞向前之地。

堂堂标准立真吾。人书兼老力未枯。诸葛忠志声名俱。浩然集义①气充躯。议兵②笔阵③宁自娱。

注释：

①集义：犹积善。谓行事合乎道义。《孟子·公孙丑上》："其为气也……是集义所生者，非义袭而取之也。"

②议兵：讨论治军用兵。《荀子·议兵》："临武君与孙卿子议兵于赵孝成王前。"

③笔阵：谓诗文谋篇布局擘画如军阵。

浅解：

饶公用此诗道出了于右任的书法和为人。诗中展露真实自我的于右任人书俱老，但他像诸葛亮一样在书画中排兵布阵，自娱自乐，恬然自得。

简译：

堂堂标准树立真实自我。人书逐渐成熟笔力未衰。诸葛孔明忠实名声远扬。行事合乎道义满身正气。如兵法谋篇幅自娱自乐。

平生磨墨非墨奴。万笺浩瀚倾松腴①。落纸点漆②雪肌肤。势欲震撼观者呼。岂同俗书较妍媸③。

注释：

①松腴：指松烟墨。宋·苏轼《六观堂老人草书诗》："落笔已唤周越奴，苍鼠奋髯饮松腴。"

②点漆：指乌黑光亮的样子。南朝·宋·刘义庆《世说新语·容止》："王右军见杜弘治，叹曰：'面如凝脂，眼如点漆，此神仙中人。'"

③妍媸：美好和丑恶。

浅解：

此诗阐述了于右任勤于书法，用功之深从字里行间一览无遗，其字黑亮刚劲，留白如雪，笔势令人震撼，非一般书法能够与之媲美。表达了饶公对于公书法的赞赏和敬佩。

简译：

平生磨墨并非沦为墨奴。万张纸笺倾费多少松墨。落到纸上黑亮肌肤似雪。笔势震撼令观赏者惊叹。岂能同庸俗的书法相比。

附　潘受和作

　　壬子中秋之夜，选堂招饮酒家。园庭月下，出示所作《依东坡韵题于右公草书诸葛武侯前出师表七言古诗》，及所临《白阳山人山水长卷》，共吟赏之。见猎心喜，辄效颦一首以题其画。

　　胸中丘壑积一舒。有笔如剑厉以须。白阳逸气天下无。点染自与他人殊。风流往矣岁月徂。固庵继之亦纷吾。此卷秋山秋不枯。荒湾野桌烟云俱。解衣想见般礴躯。游戏三昧聊清娱。陋哉庸史争主奴。内实苦瘠空外腴。月明秋露沾发肤。醉月读书谨相呼。知君学古非暖姝。

题刘海翁①狂草卷，兼谢其远颁红梅画幅，用东坡黄楼险韵

奔蛇走虺②谁能说，烟墨澶漫③看波发。气盛空阔欲无前，古劲真堪药流滑④。羡公锋抵屋漏痕⑤，惭我浪学翻着袜⑥。冷艳远颁来千里，温煦何当献一呷。范水模山⑦事已勤，去壑藏舟⑧且负锸⑨。绿衣鸟挂朝暾⑩回，红萼香销秋肃杀⑪。柳侯⑫归来亲传语，喜揖高轩⑬如古刹⑭。相望情比潭水深，晤言⑮何及思轧轧⑯。清光北斗月照人，仙云南海风低压。笔肆人与花俱老，枝斜势共山争嶻。向来姿媚仅换鹅⑰，茂赏画图出双鸭⑱。乞公还写江南春，预赋新诗咏苕雪⑲。

注释：

①刘海翁：刘海粟（1896－1994），名槃，字季芳，号海翁。汉族，江苏常州人。现代杰出画家、美术教育家。

②奔蛇走虺：虺，毒蛇；指各种奔跑的蛇，多用于称赞狂草书法。

③澶漫：宽长貌；广远貌。《文选·张衡〈西京赋〉》："澶漫靡迤，作镇于近。"

④流滑：滑溜。

⑤屋漏痕：书法术语。比喻用笔如破屋壁间之雨水漏痕，其形凝重自然，故名。据唐代陆羽《释怀素与颜真卿论草书》载，颜真卿与怀素论书法，怀素称："吾观夏云多奇峰，辄常效之，其痛快处，如飞鸟出林、惊蛇入草，又如壁坼之路，一一自然。"颜真卿谓："何如屋漏痕？"怀素起，握着怀素的手曰："得之矣！"

⑥翻着袜：比喻违背世俗之说而实别具真知灼见。宋·黄庭坚《苕溪渔隐丛话》卷五十六："王梵志诗云：'梵志翻着袜，人皆道是错，乍可剌你眼，不可隐我脚。'一切众生颠倒，类皆如此，乃知梵志是大修行人也。昔茅容季伟，田家子尔，杀鸡饭其母，而以草具饭郭林宗。林宗起拜之，因劝使就学，遂为四海名士。此翻着袜法也。"

⑦范水模山：比喻效法模仿他人。清·江顺诒《词学集成》第六卷："乃至

抗心迈古，肆力式靡；吹花嚼蕊，相炫虚华，范水模山，自诧澹远。"

⑧去壑藏舟：壑舟，典故名，典出《庄子集释》卷三上："夫藏舟于壑，藏山于泽，谓之固矣。然而夜半有力者负之而走，昧者不知也。"后以"壑舟"比喻在不知不觉中事物不停地变化。

⑨负锸：背负铁锹。指肆意放荡。典出南朝梁·刘孝标《世说新语注·文学》注引《名士传》曰："伶字伯伦，沛郡人。肆意放荡，以宇宙为狭。常乘鹿车，携一壶酒，使人荷锸随之，死便掘地以埋。土木形骸，遨游一世。"

⑩朝暾：初升太阳的样子。亦指早晨的阳光。

⑪肃杀：形容秋冬季树叶凋零、寒气逼人的情景。

⑫柳侯：柳宗元（773—819），字子厚，世称"柳河东"，因官终柳州刺史，又称"柳柳州"。汉族，祖籍河东（今山西省．永济市）。唐代文学家、哲学家、散文家和思想家，与韩愈共同倡导唐代古文运动，并称为"韩柳"。与刘禹锡并称"刘柳"；与王维、孟浩然、韦应物并称"王孟韦柳"；与唐代的韩愈、宋代的欧阳修、苏洵、苏轼、苏辙、王安石和曾巩，并称为"唐宋八大家"。"柳侯归来"实指思念故乡之意。

⑬高轩：高车。贵显者所乘。亦借指贵显者。

⑭古刹：古老的寺庙。

⑮晤言：见面谈话；当面谈话。《诗·陈风·东门之池》："彼美淑姬，可与晤言。"

⑯轧轧：杂沓，烦扰。唐·罗隐《自贻》诗："汉武巡游虚轧轧，秦皇吞并谩驱驱。"

⑰换鹅：晋·王羲之的典故。山阴地方有一个道士，他想要王羲之给他写一卷《道德经》，他打听到王羲之喜欢白鹅，就养了一批品种好的鹅。王羲之知道后派人去找道士，要求把这群鹅卖给他。那道士要求替他写一卷经，王羲之毫不犹豫地给道士抄写了一卷经，那群鹅就被王羲之带回去了。见《晋书》卷八十《王羲之列传》。

⑱双鸭：指画赠忼烈荷塘鸳鸯图。

⑲苕雪：苕溪、雪溪二水的并称。在今浙江省湖州市境内，是唐代张志和隐居之地。

浅解：

此诗题写刘海粟狂草书法，并答谢其送予饶公的红梅画幅。诗歌对刘海粟的狂草开一代之风极为褒扬，以书法技法"奔蛇走虺"、"药流滑"、"屋漏痕"等对其书风详尽描述。诗歌后半部分由字及情，表达了对刘翁的思念以及思乡之情，并阐述了自己在书画上追求独立而自然之风格以及自身不愿与世俗逐流的思想，体现了饶公肆意傥荡的心胸与对独立自由精神的推崇。

简译：

奔蛇走虺之势谁能道来。墨中烟雾渺远波涛汹涌。气势盛大开阔空前绝后。古朴雄劲不会直率流滑。送我冷艳清绝红梅画幅，背负铁锹把舟藏在深沟。如同柳公归来亲自传语，见面也难表达思念之苦。狂笔肆墨人花更为老练，赏略画作创作出鸳鸯图。美慕公卿锋如屋漏雨痕，惭愧我乱学翻着袜之说。如沐阳光温暖由衷感叹。描摹山水已经成为习惯。绿鸟清晨披着阳光归回，欢喜乘坐高车直奔古庙。北斗明月之光清亮照人，枝叶倾斜与山一同争媚。恳请公卿赋写江南春词，准备赋作新诗歌咏苕雪。秋天寒气逼人红花凋零。相盼之情比潭水还要深，南海之上风低压仙云飘。向来姿媚仅可用来换鹅。

题清人诗卷为忼烈①

远来隐出萃斯文，声教清扬②故不群。
往日升平堪向往，陈篇雄杰待重论。

注释：

①忼烈：罗忼烈（1918－2009），广西合浦人。曾任教培正中学、罗富国师范学院、香港大学、香港中文大学、澳门东亚大学，对诗、词、曲和文字学、训诂学、古音学深有研究。著有《周邦彦清真集笺》《话柳永》《北小令文字谱》《元曲三百首笺》《词曲论稿》《诗词曲论文集》《两小山斋论文集》《两小山斋乐府》等。

②清扬：清越悠扬。

浅解：

饶公就清代诗卷与罗忼烈商讨，指出诗篇出类拔萃，声律卓尔不群，描写当时歌舞升平的情景令人向往，感慨如此美好的诗篇有待我辈慢慢研究。

简译：

远道而来观此拔萃之文，声律清越悠扬卓尔不群。往日歌舞升平令人向往，旧篇等待我辈重新讨论。

才力今难逮数公①，莫将周颂②比唐风。
雨丝洒日无人赋，同是乾坤事岂同。

（杜荀鹤事）

注释：

①数公：指创作清代诗卷的诗人们。
②周颂：《周颂》是《诗经》的一部分。

浅解：

此诗由清代诗卷谈及诗歌创作的技法和风格，饶公认为各个时代有其背

景与创作侧重点，不同时代的诗歌很难对比，善于发现它们的与众不同才是
重点。

简译：

　　才力如今难以赶上旧人，不要将周颂与唐风相比。细雨日下飘飞无分吟
咏，同一体系事物不一定同。

題跋集

琵琶湖①

五〇年代

一噔天然没字诗②，春回草木换新姿，窗前打稿奇峰在，剪取湖云拂岸时。

五十年代初学懒瓒时笔，姑存之留少日面目，并题和琵琶湖旧句。岁在辛巳，选堂识于雪梨。

注释：

① 琵琶湖：日本第一大淡水湖，被人们亲切地称为"生命之湖"，与富士山一样被日本人视为日本的象征。

② 没字诗：指天然湖景如同没有文字的诗歌。

浅解：

五十年代饶公学习懒瓒笔法，以日本琵琶湖"湖云拂岸时"一景入画，并和琵琶湖诗韵，赋成此诗。

简译：

令人心静天然没字诗歌，春回大地草木更换新姿，窗前打着草稿奇峰相伴，剪取湖云拂临湖岸之景。

题陈璇珍①画松

一九五九年

写松谁学张文通②，双管齐操③破鸿濛，槎丫④鳞皴⑤各殊态，肘中虎虎起雄风。毕宏⑥见之心生畏，秃毫挥洒攘无臂⑦，纵横意屡在笔先，素壁⑧须臾郁奇气。二公⑨名迹今则无，空从画记识区区，墨烟浓染幽湿处，虬枝⑩春泽杂秋枯。陈君直往浑无外，种松胸次日高大；精理倘向此中寻，放笔咄嗟⑪风云会。

注释：

① 陈璇珍（1914—1967）：广东大埔人。毕业于中山大学法学院，精研书史诗词，擅画山水松树。山水笔墨厚重，层层落墨，皴擦再三，苍劲挺拔，甚有气势。

② 张文通：张璪，璪，一作藻。字文通，汉族，吴郡（治今江苏苏州）人。唐代书画家。建中三年（782）作画于长安，技法受王维水墨画影响，人谓"南宗摩诘传张璪"，创破墨法，工松石。

③ 双管齐操：朱景玄谓张璪画松，"手提双管，一时齐下，一为生枝，一为枯枝，气傲烟霞，势凌风雨，槎枒之形，鳞皴之状，随意纵横，应手间出，生枝则润含春泽，枯枝则惨同秋色。"

④ 槎丫：亦作"槎枒"。树木枝杈歧出貌。唐·元稹《寺院新竹》诗："宝地琉璃坼，紫苞琅玕踊……槎枒矛戟合，屹仡龙蛇动。"

⑤ 鳞皴：像鳞片般的皲皮或裂痕。唐·袁高《茶山》诗："终朝不盈掬，手足皆鳞皴。"

⑥ 毕宏：毕宏，唐代画家，河南偃师人。天宝年间（742至756）中官御史，左庶子。初善画古松，后见张璪，于是搁笔。

⑦ 攘无臂：捋起袖子不见胳膊。比喻境界高超。

⑧ 素壁：白色的墙壁、山壁、石壁。北魏·郦道元《水经注·漯水》："〔嵩梁山〕高峰孤竦，素壁千寻，望之苕亭，有似香炉。"

⑨ 二公：即张璪和毕宏。

⑩ 虬枝：盘曲的树枝。

⑪咄嗟：一霎时。

浅解：

　　此诗题松，诗中对陈璇珍笔下之松褒扬有加。对画者仅从画记学习前人的笔法而能直追前人的风骨尤为惊奇。饶公认为，画中开阔无穷的境界在于画者能够手笔相通，心中有画，直通自然。

简译：

　　绘写苍松谁学张文通公，双笔齐下气至鸿濛之境。枝开杈皮褶皱姿态各异，肘下虎虎生威雄风四起。毕宏见之心中萌生畏怯，秃毫挥洒袖子不见胳膊，合纵连横其意常在笔先，石壁须臾之间郁含奇气。两位公卿名迹今已无存，空从画记之中学习技法，水墨烟雾浓染幽湿之处，树枝既展新枝又落枯叶。陈璇珍君境界直追无穷，松树印于胸次逐日高大。精奥之理倘向此中寻找，放笔霎时之间风云会聚。

梅窝①写生

六○年代

此去梅窝近，人归傍午天。
沙黄矶②似铁，浪白海为田。
短树难成阵，秋风且趁船③，
江山方待雨，囊括入诗篇。

六十年代梅窝写生，癸未冬日，于丛残中检出，重题旧句，匆匆四十年前事，恍如梦中事也。

注释：

①梅窝：在香港大屿山东南地区，根据以前的两个银矿得名。
②矶：水边石滩或突出的岩石，多用于地名。唐·孟浩然《经七里滩》："钓矶平可坐，苔磴滑难步。"
③趁船：搭乘船只。宋·苏轼《至真州再和》之一："北上难陪骥，东行且趁船。"

浅解：

饶公六十年代在梅窝写生，时隔40余年，从旧画中发现此画，并以旧诗句重题此画，感叹往事如梦。

简译：

此地距离梅窝颇近，正午时分人们纷归。海沙泛黄岩石似铁，浪花泛白大海为田。树木矮小难以列阵，趁着秋风搭乘船只。万里江山等待下雨，一切囊括进入诗篇。

为云山题梦景庵图

六○年代

浣溪沙

一梦从谁论古今，觉来浑不辨晴阴。薄云小院自深深。
园柳惯随芳草绿，江风只送夕阳沉。几时待得变鸣禽。

浅解：

此诗题梦景庵图，诗歌借助画意，由梦起兴，由梦入画。描绘出画中云山梦境，梦中云山画境。妙绝！

简译：

一梦跟从谁去讨论古今，醒来浑然不可辨别阴晴。稀薄云下小院自然深邃。园中柳树跟随芳草泛绿，江风吹拂迎送夕阳沉落。何时才能守到悦耳鸟鸣。

题锦堂蝶队图

一九六一年

时辛丑春暮，层楼挑灯，正雨横风狂时也。

一片韶光①带雾笼，枝枝叶叶舞回风。
依人漫问非吾土，结队还知认旧丛。
历劫缠绵天亦老，多忧踯躅意难同。
惊心啼鴂春将去，犹恋飞红碧沼中。

注释：

①韶光：美好的时光，常指春光。唐·王勃《梓州郪县兜率寺浮图碑》："每至韶光照野，爽霭晴遥。"

浅解：

此诗题锦堂蝴蝶。蝴蝶迎着春光，伴着枝叶随风飘舞，渐行渐远，离开故土，历经劫难，忧愁踯躅，忽感春光远去，老之将至。实际借着诗意抒发人生苦短的感叹。

简译：

无限美好春光雾气笼罩，枝枝叶叶伴随回风飘舞。牵挂之人漫问此非故乡，成群结队还能识得旧丛。历尽劫难上天也会衰老，多愁令人徘徊难以共鸣。杜鹃惊心啼鸣春天将去，依旧留恋红花飞落碧湖。

题张壶山^①山水册

一九六九年

浣溪沙

幽径真堪殿六朝^②，拂衣^③唯见草萧萧。尘笺^④细抚已魂销。
林静风烟千嶂远，楼高涕泪一身遥^⑤。广陵^⑥心事托寒潮。

注释：

①张壶山：张恂，明末清初书画家。字樨恭，一字壶山，陕西泾阳人。

②殿六朝：清·龚自珍《梦中作》："夕阳忽下中原去，笑咏风花殿六朝。"

③拂衣：挥动衣服。形容激动或愤激。汉·杨恽《报孙会宗书》："是日也，
  拂衣而喜，奋袖低印，顿足起舞。"

④尘笺：尘封信笺。

⑤涕泪一身遥：天涯路途遥远，不禁下眼泪流。唐·杜甫《野望》："海内风
  尘诸弟隔，天涯涕泪一身遥。"

⑥广陵：今扬州。张壶山先世以业鹾家维扬（今江苏扬州）。

浅解：

　　张壶山画作呈现广陵山水的别样风格，亦寄托了作者流寓广陵心系广陵
的家国之思，从中也可体现饶公在天之一涯怀念家国而"涕泪"横流的愁
绪。

简译：

　　幽僻之径堪比六朝宫殿，挥动衣袖唯见萧萧荒草。轻抚尘封信笺让人销
魂。林木寂静烟雾弥漫千山，楼高遥望家国涕泪横流。心系广陵烦愁托身寒
潮。

题秋山问道图①

七〇年代

四十叠前韵

巨师水墨间，坐对辄移日②。
一峰何葱郁，矾头③不止十。
老衲破庵前，未敢呼之出。
钟声落上方，隐隐度林隙。
即此窥神理，泯然④契今昔。
何苦规倪黄⑤，自蹑北宋席。
少豁胸中尘，日日张粉壁⑥。

注释：

①秋山问道图：五代宋初画家巨然之作。

②移日：日影移动，表示时间很久。《史记·魏其武安侯列传》："当是时，丞相入奏事，坐语移日，所言皆听。"

③矾头：山水画中山顶的小石堆。形如矾石，故名。巨然少年多作矾头，老年平淡趣高。

④泯然：辽阔貌。亦形容胸襟开阔。《列子·汤问》："其所触也，泯然无际。"

⑤倪黄：元代画家倪瓒与黄公望。

⑥粉壁：指白色墙壁。南朝·梁·顾野王《舞影赋》："图长袖于粉壁，写纤腰于华堂。"

浅解：

《秋山问道图》是一幅秋景山水画。山用淡墨长披麻皴，画出土多石少的浑厚的质感。山头转折处重叠了块块矾头，不加皴笔，只用水墨烘染，然后，以破笔焦墨点苔，点得非常沉着利落，使整个大山气势更加空灵。庵中和尚亦增添了禅道之境，令人心气平和。

简译：

　　沉浸巨然水墨画中，坐赏画作时间已久。山峰何其郁郁葱葱，矾头林立不止十个。老衲立于破庵之前，不敢将其呼唤出来。钟声从上方传过来，隐隐约约度过林隙。从此处可窥探神理，开阔之貌契合古今。何苦限制倪黄之思，皆从北宋一路传承。年少看透胸中苦闷，白色墙壁日日作画。

红林檎近①

一九七一年

题画梅二首，拟白石。

天远春初返，路遥花更香。暮雪洗修竹②，人语落寒塘。乍逢黄昏顷刻，已入小幅横窗。又似解佩③浓妆。哀曲理丝簧。

弄笛花外客，携手水滨乡。休教片片，吹残方宿雕梁。信难凭双燕，何曾解语，别肠④暗绾⑤空举觞。

注释：

①红林檎近：北宋·周邦彦所创词牌。
②修竹：高高的竹子。汉·枚乘《梁王菟园赋》："脩竹檀栾，夹池水，旋菟园，并驰道。"
③解佩：取义于郑交甫遇汉皋神女解佩事。西汉·刘向《列仙传》中记载。
④别肠：惜别的心情。唐·韩愈、孟郊《远游联句》："别肠车轮转，一日一万周。"
⑤暗绾：绾，把长条形的东西盘绕起来打成结。喻指暗将愁肠封锁。

浅解：

词的上阕展现初春时节梅花傲雪盛开之景，"已入小幅横窗"、"又似解佩浓妆"体现其自然之美。下阕以羁旅之客漂泊他乡，孤独赏花之景道出了离别之愁。

简译：

天高云淡春天已临，路途遥远花儿泛香。迟暮之雪洗净修竹，低声细语落入寒塘。恰逢黄昏时刻，小幅枝叶进入横窗。又似浓妆神女解佩。丝簧奏起哀伤之曲。

赏花之客抚笛吹奏，携手在此水滨之乡。休要教这片片，吹残方院雕梁。双燕纷飞音信难凭，何曾理解话语，惜别暂将愁肠封锁空举酒觞。

攀摘休嫌早，冷香生晚寒。月色澹如水，纤衣映琅玕①。低压平湖断碧，照影蜜苣②烧残。且看翡翠轻翻。蔬花绿浮澜。

寂寞难寄与，僻远只追欢③。春风赋笔④，孤山红上冰盘⑤。尽江南江北，时来入梦，嫩枝偏合篱角看。

注释：

①琅玕：汉族神话传说中的仙树，其实似珠。此指梅花枝干。《山海经·海内西经》："服常树，其上有三头人，伺琅玕树。"

②蜜苣：古代用来代指蜡烛火炬。

③追欢：犹寻欢。宋·苏轼《去岁与子野游逍遥堂》诗："往岁追欢地，寒窗梦不成。"

④赋笔：写诗用的笔。宋·史达祖《风流子》词之二："藉吟笺赋笔，试融春恨，舞裙歌扇，聊应尘缘。"

⑤冰盘："明月"的雅称。宋·高观国《齐天乐·中秋夜怀梅溪》词："晚云知有关山念，澄霄卷开清霁。素景中分，冰盘正溢，何啻婵娟千里。危栏静倚。"

浅解：

此词承接上词，进而对梅花图所展现的景象进行细节描写，并从中寄托饶公羁旅于外，寂寞难以排解的无奈之情，唯有大自然的这些美好馈赠，能慰饶公愁绪，又体现饶公豁达心境。

简译：

攀摘莫嫌其早，冷香生于晚冬寒冷之中。月色淡然如水，纤衣与琅玕相映。断碧之花垂落平湖，火炬残光照其疏影。姑且赏略翡翠随风轻翻。蔬花绿遍波澜。

寂寞难以寄托，偏远之地只有追求心欢。春风赋我诗笔，红色孤山明月悬于其上。阅尽江南江北，不时入我梦境，嫩发新枝最合适在这篱角边看。

题潘莲巢[1]墨兰卷

一九七六年

十四叠前韵

物情[2]自伤离，葵藿[3]必倾日。
佩纕与结言[4]，百晦[5]此其十。
幽芳发俏茜[6]，曾唤湘累[7]出。
卷葹[8]心未死，犹茁舞咏[9]隙。
盈川[10]苦悲秋，蒿草伤从昔。
彼榝虽充帏[11]，牂[12]不与同席。
魂归睨故乡，何处许呵壁[13]。
（杨炯幽兰赋云："悲秋风之一败，与蒿草而为刍。"）

注释：

①潘莲巢：潘恭寿（1741—1794），丹徒（今江苏镇江）人。清画家，能诗。
②物情：物理人情，世情。三国·魏·嵇康《释私论》："情不系于所欲，故能审贵贱而通物情。"
③葵藿：指葵与藿。葵性向日，古人多用以比喻下对上赤心趋向。
④佩纕与结言：佩纕指佩带的饰物；结言指用言辞订约。《楚辞·离骚》："解佩纕以结言兮，吾令蹇修以为理。"
⑤百晦：百亩。一百亩土地。亦泛指广阔之地。《周礼·地官·大司徒》："不易之地家百晦。"
⑥俏茜：俏红。
⑦湘累：指屈原投湘水而死。《汉书·扬雄传》注引扬雄《反离骚》："钦吊楚之湘累。"
⑧卷葹：草名。又名"卷施"、"宿莽"。《尔雅·释草》："卷施草，拔心不死。"
⑨舞咏：舞蹈歌咏。南朝·陈·徐陵《孝义寺碑》："谨勒丰碑，陈其舞咏。"

⑩盈川：杨炯（650—693），华州华阴（今陕西省华阴市）人，唐代著名文学家、诗人。有《盈川集》三十卷行于世。

⑪彼椒虽充帏：椒，茱萸一类的植物。《楚辞·离骚》："苏粪壤以充帏兮，谓申椒其不芳。"

⑫牉：从中分为两半；泛指分开。

⑬呵壁：典出自汉·王逸《〈天问〉序》："屈原放逐，忧心愁悴，彷徨山泽，经历陵陆。……见楚有先王之庙及公卿祠堂，图画天地山川神灵，琦玮僪佹，及古贤圣怪物行事。……因书其壁，呵而问之，以渫愤懑。"后因以"呵壁"为失意者发泄胸中愤懑之典实。

浅解：

此诗由潘恭寿之墨兰图联想到人之品性。自古以来人们就把兰花视为高洁、典雅、爱国和坚贞不渝的象征，兰花象征高尚。兰花风姿素雅，花容端庄，幽香清远，历来作为高尚人格的象征。诗人屈原极爱兰花，在他的不朽之作《离骚》中，多处出现咏兰的佳句。饶公亦以此物抒发自己内心的苦闷，并表达自己"彼椒虽充帏，牉不与同席"。与杂草不同流合污的宣言，发泄心中的愤懑。

简译：

人情自古最伤是离别，葵藿必是向着太阳。解佩纕用言辞订约，百亩之地此处占其十。幽处芳草散发俏艳，曾让屈原投湘水而死。卷施草拔心不死，笨拙地舞蹈歌咏。盈川君苦悲秋风，蒿草之伤自昔而起。杂草虽充斥帷帐，我也绝不与同席。魂归眺望故乡，何处许我发泄愤懑。

题哥耶①（Goya）画斗牛图②
一九七六年

用韩孟斗鸡联句③韵

　　青兕④排山来，红绫⑤张以待。
　　赫曦⑥照临处，奇服戢⑦光彩。
　　追逐罔造次⑧，格斗濒危殆⑨。
　　周旋临大敌，壁立⑩弥自在。
　　疾似风扫叶，安如戟前镦⑪。
　　涤荡⑫踞高原，秋风拂爽垲⑬。
　　旁观久噤瘁⑭，往复向岿磊⑮。
　　进不以险移，退未因患改。
　　哀呼声震栗，驰骤⑯毛翻罍⑰。
　　脱手势小挫，回头勇百倍。
　　侧睨⑱虎豹姿，展转蛟龙醢⑲。
　　咥人⑳怒何强，履尾㉑气终馁。
　　躲闪信能事，机巧出欺绐㉒。
　　叩歌非宁戚㉓，迈步笑章亥㉔。
　　力竭方就死，牛乎汝何罪。
　　以斗搏人欢，厥过畴能浼㉕。
　　但以智争赢，何殊宝为贿。
　　嗜杀久成俗，传自爱琴海。
　　至今变加厉，好之骄且怠。
　　助叫喧旅人，丕绩此嘉乃㉖。
　　君看哥耶笔，水墨懒加彩。
　　白手战方酣㉗，戎车奔屡凯。
　　时已蔑恻隐，道焉得大隗㉘。

74

饮血㉔思鸿蒙㉚，夬履㉛恕㉜真宰。

聊为自警篇，他山㉝庶可采。

注释：

①哥耶（Goya）：今译戈雅（Francisco Goya，1746—1828），是西方美术史上开拓浪漫主义艺术的先驱。西方美术史上称戈雅为"画家中的莎士比亚"。戈雅一生创作极为丰富，肖像画大约200多幅，还有风景画、版画等等。

②斗牛图：哥耶的《乡村斗牛》作品。

③韩孟斗鸡联句：韩愈、孟郊等人的《斗鸡联句》诗韵。

④青兕：青兕牛。古代犀牛类兽名。一角，青色，重千斤。《楚辞·招魂》："君王亲发兮惮青兕。"王逸注："言怀王是时亲自射兽，惊青兕牛，而不能制也。"洪兴祖补注："《尔雅》：兕，似牛。注云：一角，青色，重千斤。"此代指斗牛中的牛。

⑤红绫：斗牛用的红布。

⑥赫曦：指阳光。

⑦戢：收敛。

⑧造次：粗鲁，轻率。《宋书·建平宣简王宏传》："驱乌合之众，隶造次之主，貌疎情乖，有若胡越。"

⑨危殆：犹危险。《管子·立政九败解》："夫朋党处前，贤、不肖不分，则争夺之乱起，而君在危殆之中矣。"

⑩壁立：像墙壁一样耸立。

⑪戟前镦：矛戟柄末的平底金属套。

⑫涤荡：荡洗；清除。汉·刘歆《遂初赋》："心涤荡以慕远兮，回高都而北征。"

⑬爽垲：高爽干燥。《左传·昭公三年》："子之宅近市，湫隘嚣尘，不可以居，请更诸爽垲者。"杜预注："爽，明；垲，燥。"

⑭喋瘒：寒喋。《说文·疒部》："瘒，寒病也。"徐锴《说文解字系传》："《字书》寒喋也。"

⑮嵬磊：高大貌。

⑯驰骤：驰骋，疾奔。《韩非子·外储说右下》："造父御四马，驰骤周旋而

75

恣欲于马。"

⑰皪：洁白。

⑱侧睨：斜视。宋·苏轼《鹤叹》诗："鹤有难色侧睨予，岂欲臆对如鹏乎?"

⑲醢：古代的一种酷刑，把人杀死后剁成肉酱。

⑳哇人：咬人，此指咄咄逼人。

㉑履尾：踩踏虎尾。喻身蹈危境。东晋·袁宏《三国名臣序赞》："仁者必勇，德亦有言，……虽遇履虎，神气恬然。"

㉒欺绐：欺骗。汉·桓宽《盐铁论·褒贤》："主父偃以口舌取大官，窃权重，欺绐宗室。"

㉓宁戚：春秋卫人，齐大夫。《楚辞·离骚》："宁戚之讴歌兮，齐桓闻以该辅。"王逸注："宁戚修德不用，退而商贾，宿齐东门外。桓公夜出，宁戚方饭牛，叩角而商歌……桓公闻之，知其贤，举用为客卿，备辅佐也。"

㉔章亥：大章和竖亥。古代传说中善走的人。《文选·张协〈七命〉》："蹑章亥之所未迹。"李善注引《淮南子》："禹乃使大章步自东极，至于西极，二亿三万三千五百里七十五步；使竖亥步自北极，至于南极，二亿三万三千五百里七十五步。"

㉕浼：玷污。

㉖丕绩此嘉乃：对有功业的人进行嘉奖。《书·大禹谟》："予懋乃德，嘉乃丕绩。"

㉗战方酣：交战正激烈。

㉘大隗：神名。《庄子·徐无鬼》："黄帝将见大隗乎具茨之山。"陆德明释文："或云：大隗，神名也。"

㉙饮血：血泪满面，流入口中。形容极度悲愤。《文选·李陵〈答苏武书〉》："天地为陵震怒，战士为陵饮血。"李善注："血即泪也。"

㉚鸿蒙：宇宙形成前的混沌状态。《庄子·在宥》："云将东游，过扶摇之枝，而适遭鸿蒙。"成玄英疏："鸿蒙，元气也。"

㉛夬履：急躁莽撞。《周易·履》五爻讲："夬履，贞厉。"《象》曰："夬履贞厉，位正当也。"

㉜愬：同"诉"。

㉝他山：即他山之石。《诗·小雅·鹤鸣》："它山之石，可以为错。"毛传："错，石也，可以琢玉。举贤用滞，则可以治国。"郑玄笺："它山喻异国。"又："它山之石，可以攻玉。"毛传："攻，错也。"本谓别国的贤才

也可用为本国的辅佐，正如别的山上的石头也可为砺石，用来琢磨玉器。后因以"他山之石"喻指能帮助自己改正错误缺点或提供借鉴的外力。

浅解：

斗牛场面壮观，格斗惊心动魄，富有强烈的刺激性，千百年来，这种人牛之战吸引着世界各地的人们，同时也饱受争议。饶公观戈雅斗牛之画，对斗牛之事恻隐落泪，体现其博爱之精神。

简译：

怒牛排山倒海闯来，红布展开以待来牛。阳光披洒照耀勇士，光彩奇服令其失色。竞相追逐不觉轻率，如此肉搏险境环生。反复较量如临大敌，伫立其中灵活自如。疾进如狂风扫落叶，安然若矛戟之金镦。似雨纷飞荡洗高原，秋风过处爽朗干燥。从旁观察令人发颤，往复回环如攀高地。勇往不因风险移动，退避未因困境而改。哀呼之声使人战栗，驰骋周旋皮毛翻白。微小挫折适当脱手，回过脸来勇增百倍。侧眼端倪虎豹之姿，辗转之间已成肉酱。咄咄逼人气势强大，身蹈危境气终消殒。躲闪回避方显本事，机智巧妙善用谋略。非叩歌喂牛之宁戚，敢迈步笑章亥之徒。身疲力竭痛苦而死，牛儿你究竟犯了何罪。以搏斗讨人们欢心，倒地不起受尽耻辱。以智克力以争促赢，何相异于贿宝赠物。喜好杀戮久成风俗，自爱琴海流传开来。至今更加变本加厉，甚爱此事既骄且怠。旅人为之助威呐喊，勇士得胜获取荣誉。请君欣赏哥耶画笔，朴素水墨不加色彩。徒手交战十分激烈，戎车出战纵横驰骋。时下轻视恻隐之心，如何祈求神明庇护。泪流满面追思往昔，莽撞祷告苍天真宰。赋作此诗警示自己，他山之石亦可采之。

张谷雏①命题所庋潘冷残②画卷
一九七六年

申齐心无著，闲处笔如椽③。
写石谢蛮巧，深得静者④便。
游心⑤太古初，浑不受拘牵。
草木爱华滋⑥，荆关⑦久摩研⑧。
元气何淋漓，看与日月悬。
经卷欣同好，非翁谁为缘。
昨者际潘笔，石交⑨已沉泉。
妙才余斤质⑩，尺幅开山川。
文采终不磨，过眼倏云烟。
荒寒水墨间，尚有诗争妍。
岭海⑪数流辈，残也实当先。
坛坫⑫非寂寞，继起者连连。
伊余⑬等曹郐⑭，非陌复非阡。
奉手⑮苦无由，空嗟岁月迁。
百年能几何，力贫买醉筵。
拂拭生怆楚，抚卷心茫然。
友道⑯旧所敦，幸宝此戋戋⑰。

注释：

①张谷雏：张虹（1894—1965），字谷雏，号申齐。顺德人。与高剑父游历
　杭州山水。继而居庐山，所绘《庐山景色山水册》融汇南北各画派风格。
　先后参加癸亥合作画社、国画研究会。所藏三国、隋唐五代、宋金元明清
　名家书画、佛像、经卷、玉石等颇丰，系统独备。著有《元画综》《砂壶
　图考》《古玉考释》等。
②潘冷残：潘达微（1881—1929），字铁苍，号景吾，又号冷残，寄尘，别

署冷道人、中国无赖等。祖籍番禺。光绪三十一年（1905），与何仲华、高剑父、陈垣、岑学吕、谢英伯等人始创《时事画报》于广州，1926 年与书画、篆刻家邓万岁设立广州国画研究会香港分会。

③笔如椽：喻大手笔或重要的文墨之事。

④静者：深得清静之道、超然恬静的人。多指隐士、僧侣和道徒。《吕氏春秋·审分》："得道者必静，静者无知"。

⑤游心：浮想骋思。三国·魏·嵇康《赠兄秀才入军》诗："目送归鸿，手挥五弦，俯仰自得，游心泰玄。"

⑥华滋：形容枝叶繁茂。《古诗十九首·庭中有奇树》："庭中有奇树，绿叶发华滋。"指画中之景。

⑦荆关：荆门山。泛指险要之地。唐·李白《送张遥之寿阳幕府》诗："寿阳信天险，天险横荆关。"

⑧摩研：切磋研究。《后汉书·苏竟传》："走昔以摩研编削之才，与国师公从事出入，校定祕书，窃自依依，末由自远。"

⑨石交：交谊坚固的朋友。《史记·苏秦列传》："大王诚能听臣计，即归燕之十城。燕无故而得十城，必喜；秦王知以己之故而归燕之十城，亦必喜。此所谓弃仇雠而得石交者也。"

⑩斤质：此处是用庄子与惠施的典故（见《庄子·徐无鬼》），宋·苏轼《书文与可墨竹》诗"空遗运斤质，却吊断弦人。"指知音，是指潘与张之缘分。

⑪岭海：指两广地区。其地北倚五岭，南临南海，故名。唐·韩愈《潮州刺史谢上表》："虽在万里之外，岭海之陬，待之一如畿甸之间，辇毂之下。"

⑫坛坫：指文人集会或集会之所。明·方孝孺《宋山言墓表》："自长洲韩公以文学为海内宗，群士坛坫，莫盛于吴中。"

⑬伊余：自指，我。三国·魏·曹植《责躬诗》："伊余小子，恃宠骄盈。"

⑭曹邹：春秋小国。诗人自指谦语。

⑮奉手：陪伴；追随。清·陈康祺《郎潜纪闻》卷十三："若嫌余生晚，不获与诸君奉手者，余亦为之怃然。"

⑯友道：朋友交往的准则。汉·孔融《论盛孝章书》："公诚能驰一介之使，加咫尺之书，则孝章可致，友道可弘矣。"

⑰戋戋：堆积貌。《易·贲》："六五，贲于丘园，束帛戋戋。"朱熹本义："戋戋，浅小之意。"

浅解：

此诗为评画诗，诗中对潘冷残的残卷写意之形象、刻画之仔细尤为推崇。并对张谷雏与潘冷残画作有此缘分倍感欣慰；对文艺界人才辈出充满信心；对岁月易逝、人才作古感到惋惜。

简译：

申齐之画心无挂碍，舞文弄墨大笔如椽。写意山石避其蛮巧，深得清静无知之道。浮想骋思太古之初，完全不受拘泥牵制。草木繁茂欣欣向荣，险要之地刻画仔细。传达精神淋漓尽致，可与悬空日月齐光。君能得此心仪画卷，此等缘分非翁莫属。当年欣赏潘画之人，坚固交谊早已消逝。才人留下珍贵交谊，尺幅之中开拓山川。文采始终不可磨灭，岁月过眼忽如云烟。荒凉寒冷水墨之间，尚有诗歌与之争妍。岭南地区人才辈出，潘冷残实属佼佼者。文艺之地并不寂寞，后起之秀接连不断。我等只是曹邻之徒，自由自在毫无顾忌。追随先者苦无理由，只能空叹岁月变化。百年之间究竟几何，竭力争得一醉方休。拂拭尘土暗生悲苦，手抚残卷心中茫然。朋友之道古今推崇，写就小诗以示欣慰。

题日本摹刻韩干圉人呈马图

一九七七年

右卷为和工某氏所刻，题"韩干圉人呈马图"，上钤"建业文房之印"，则是南唐旧物。考河南邵氏闻见后录廿七，载南唐李侯阁中集，第九一卷画目，其上品九十五种，内有奚人习马图三，注云："韩干。"又今人注："一在野僧家。"此集后有李伯时跋，谓其中名品，多流散士大夫家。所言今注，殆出伯时手也。中集为卷近百，想见建业当日收藏之富，此卷未知是否为奚人习马三卷之一。莘农出示此图，叔雍先有诗，命赓作，因再步东坡韵。

天马①西来青海②垂，络头③玉勒④鞚青丝⑤。
镌共妙镂韩干墨，健笔真同沙画锥⑥。
跃然纸上⑦穷殊相，草木披靡朔风驰。
汗血⑧奋飞可及日，莫使奚奴⑨任羁羁⑩。
阁中上品称神骏，建业墨印尤环奇。
岂同解甲⑪辞庙⑫日，万骑齐喑甘伏雌⑬。
焚余回鸾⑭今无恙，倘有鬼神呵护之。
伯时⑮经眼若摹绘，定必刓形而去皮。
张髯搜奇偶获此，骊黄⑯以外谁能知。
写神还待吴兴赵⑰，相骨毋劳支遁师⑱。

注释：

①天马：骏马的美称。《史记·大宛列传》："初，天子发书《易》，云'神马当从西北来'。得乌孙马好，名曰'天马'。及得大宛汗血马，益壮，更名乌孙马曰'西极'，名大宛马曰'天马'云。"

②青海：东方之海。也借指传说中的海上仙山。《淮南子·墬形训》："青泉之埃，上为青云，阴阳相薄为雷，激扬为电，上者就下，流水就通，而合

于青海。"高诱注："东方之海。"

③络头：马笼头。南朝·宋·鲍照《代结客少年场行》："骢马金络头，锦带佩吴钩。"

④玉勒：玉饰的马衔。北周·庾信《三月三日华林园马射赋》："控玉勒而摇星，跨金鞍而动月。"

⑤青丝：指马缰绳。南朝·梁·王僧孺《古意》诗："青丝控燕马，紫艾饰吴刀。"

⑥沙画锥：指笔触道劲匀整，不露锋芒。出自唐·颜真卿《张长史十二意笔法记》："后闻于褚河南曰，用笔当须如印泥画沙，思所不悟。后于江岛遇见沙地平净，令人意悦欲书。乃偶以利锋画其劲险之状，明利媚好，乃悟用笔而锥画沙，使其藏锋，画乃沉着。"宋·黄庭坚《咏李伯时摹韩干之马》："李侯写影韩干墨，自有笔如沙画锥。"

⑦跃然纸上：活跃地呈现在纸上。形容作品真实生动。清·薛雪《一瓢诗话》三三："如此体会，则诗神诗旨，跃然纸上。"

⑧汗血：汗与血，亦指汗血马。晋·葛洪《抱朴子·文行》："汗血缓步，呼吸而千里。"

⑨奚奴：指北方少数民族之为奴者。唐·曹唐《暮春戏赠吴端公》诗："深院吹笙闻汉婢，静街调马任奚奴。"

⑩罻羁：马笼头和绊索。喻牵制束缚。宋·苏洵《颜书》诗："虞柳岂不好，结束烦罻羁。"

⑪解甲：脱下作战时穿的铠甲。《吴子·料敌》："道远日暮，士众劳惧，倦而未食，解甲而息。"

⑫辞庙：辞别祖庙。指帝王被俘，家国沦亡。南唐·李煜《破阵子》词："最是仓皇辞庙日，教坊犹奏别离歌。"

⑬伏雌：指母鸡。《乐府诗集·琴曲歌辞四·秦百里奚妻琴歌一》："百里奚，五羊皮。忆别时，烹伏雌，舂黄齑炊扊扅。今日富贵忘我为！"

⑭焚余回鸾：劫后回家。

⑮伯时：李伯时，名公麟，号龙眠居士，宋代安徽舒州人。元祐（1086—1094）进士，元符年间（1098—1100）拜御史大夫。博学好古，尤善画山水、佛像。李公麟是北宋时期一位颇具影响的名士，其白描绘画为当世第一。

⑯骊黄：犹言牝牡骊黄。喻指事物的表面现象。明·徐复祚《投梭记·应聘》："骊黄牝牡谁能究，尘埃物色难参透。"

⑰吴兴赵：赵孟頫（1254—1322），字子昂，号松雪道人，又号水精宫道人、鸥波，中年曾作孟俯，汉族，吴兴（今浙江湖州）人。元代著名画家，楷书四大家（欧阳询、颜真卿、柳公权、赵孟頫）之一。

⑱支遁师：支遁大师，是晋朝名僧，号道林，俗姓关，陈留人。

浅解：

此诗对摹刻《韩干围人呈马图》中骏马的形象进行阐述，从侧面展现此摹本画工之细腻沉着，品类之上乘，对此上品之作能够历经战争劫难而保存下来表示欣慰，亦对中国画家技法精湛、人才辈出的局面感到自豪。

简译：

天降骏马传留东方之海，马首挽具青丝紧系玉饰的马笼头。精细镂刻韩干妙笔生辉，落笔沉着真如锥画沙般。活现纸上彰显与众不同，风到之地草木随之倒伏。汗血马奋蹄疾驰而可去逐日，莫为匈奴套绊索所束缚。《阁中集》赞为上品称神骏，建业文房收藏叹为神奇。岂能等国家沦亡而卸甲，万马沉寂无声如同母鸡。历经劫难回归如今无恙，天地倘有神灵保护它们。伯时见之如果摹绘下来，必定破开其形去其皮肉。莘农搜奇寻宝偶获此图，牝牡骊黄之外谁能参透。逼真传神惟吴兴赵孟頫，识别面相不劳烦支遁师。

步东坡韵致李霖灿①诗

八〇年代

青山披绿雪，令我视茫茫。
栽竹因折梅②，岂不思元章③。
架上摩些书，篆势④飞鸢翔。
奥旨惟君问，纬繣⑤纷难量。
露珠勤拂拭，草木想辉煌。
大荒⑥分异景，藏之灵坛⑦房。
化为两三竿，绕屋清气凉。
饮我岕中茶⑧，静女⑨俨道妆⑩。
吐纳得朝霞，月霁而风光。
忽睹仙人篇⑪，愧贻明月珰⑫。
报诗犹觌面⑬，语笑挹丛香。

谢李霖灿画摩些文书次李白仙诗韵。选堂。

注释：

①李霖灿（1913—1999），河南省辉县人。1938 年在国立杭州艺术专科学校
毕业之后，就由昆明北上经大理到丽江去作边疆民族艺术之调查。1941
年至 1984 年任台北故宫博物院副院长，退休之后，继续于艺术史的研究，
在台大、师大等校任教中国美术史及古画品鉴研究等课程。

②折梅：南朝陆凯曾寄范晔诗一首，梅一枝，两人为好友因事分别，两地相
隔。诗句写道："折花逢驿使，寄与陇头人。江南无所有，聊赠一枝春。"
这将南国的梅花寄于北国的好友，是情意的纯洁坚贞。

③元章：米芾，字元章，号襄阳居士、海岳山人等。中国北宋书法家，画
家，书画理论家。

④篆势：篆书的形体气势。清·恽敬《张皋文墓志铭》："（张皋文）尝曰：
'少温言篆书如铁石陷入屋壁，此最精。晋书篆势，是晋人语，非蔡中郎

語也。'"

⑤纬繻：乖戾，相异不合。《楚辞·离骚》："纷总总其离合兮，忽纬繻其难迁。"

⑥大荒：荒远的地方；边远地区。《山海经·大荒东经》："东海之外，大荒之中，有山名曰大言，日月所出。"

⑦灵坛：祭坛。《汉书·武帝纪》："朕躬祭后土地祇，见光集于灵坛，一夜三烛。"

⑧芥中：芥茶。先为"吴中所贵"，成为明清二朝时贡茶，被誉为茶中极品。

⑨静女：娴静的女子。《诗·邶风·静女》："静女其姝，俟我于城隅。"

⑩道妆：即"道装"。道教徒或佛教徒的装束和打扮。宋·苏轼《次韵许遵》："蒜山渡口挽归艎，朱雀桥边看道装。"

⑪仙人篇：魏·曹植所作杂曲歌辞。这种游仙题材在曹植诗中为数不少，他其实不信神仙，只是借此排解自己受压抑的苦闷。

⑫明月珰：明月珠（夜光珠）串成的耳饰，即明珰。出处《玉台新咏·古诗为焦仲卿妻作》："耳著明月珰。"

⑬觌面：当面；迎面；见面。宋·陆游《前诗感慨颇深犹吾前日之言也明日读而悔之乃复作此然亦未能超然物外也》诗："世人欲觅何由得，觌面相逢唤不应。"

浅解：

此诗借墨竹咏摩些文书，答谢友人赠书之情，诗中衬托出饶公心中如竹般的高洁脱俗之品，向往独立自主之精神追求。

简译：

万里青山披盖绿雪，令我眼前视线迷茫不清。栽种竹林因折梅花，思念当年元章笔意。书架之上摩些文书，篆书气势如鸾飞翔。其中奥义要旨惟可问君，与我乖戾其意难移。露珠沾衣经常拂拭，草木人生自有年华。荒远之地景色迥异，神圣祭坛藏于其中。愿意化作两三竿竹，环绕屋前神清气爽。饮我杯中极品芥茶，娴静女子身着道装。朝霞之中呼吸吐纳，月色澄朗风光无限。忽然看到《仙人篇》辞，惭愧接受明月珠饰。迎面赋作诗歌相赠，笑语之中夹杂竹香。

题画

八〇年代

浣溪沙

向夕群山袖上云，萧疏亭树映湖湑①。倪家笔法与谁论。
落雁遥沙如旧识，倚楼长笛最先闻。蒹葭②寒水且逡巡③。

注释：

①湖湑：湖水岸边。
②蒹葭：芦苇。蒹，没有长穗的芦苇。葭，初生的芦苇。《诗经》有《蒹葭》
  篇。
③逡巡：有所顾虑而徘徊不前。汉·贾谊《新书·过秦论上》："逡巡而不敢
  进。"

浅解：

　　此词阐述画景，画中之景一览无余，静画仿佛动景，落雁有情，长笛有
声，心凉如水，令人驻足徘徊不前。

简译：

　　黄昏时分群山云雾飘渺，萧条亭树映着临水之岸。倪瓒之笔法谁与我讨
论。沙滩落雁如同旧识，依靠楼阁长笛声声徐来。芦苇冷水令我徘徊不前。

题高梧轩①图

八〇年代

　　赵叔雍高梧轩流落香港，卷尾词流题句累累，均量命再赞一词。坡老赠僧潜诗云："多生绮语磨不尽。"牂触②无崀③，因次其韵。

霜黄月白画笔清，词家妙句赋流形④。
开袟⑤琼琚⑥纷满眼，浑同大吕陈元英⑦。
独嗟斯人去已远，九京⑧可似庄湛冥⑨。
抚卷怀人增叹息，羁栖南服⑩岁峥嵘。
鏖诗⑪隔海起废疾⑫，相与磨砻⑬发新硎⑭。
窜身秘菁⑮蔽天日，琢句往往鬼神惊。
时移事比风埃散，龙泉流落在丰城⑯。
秋风冢上吹不已，高梧坠叶满空庭。
文辞感激思畴日⑰，故交寥落如晨星。
微言徒有知者识，陈迹尤喜时争迎。
有才如此岂世出，由来意重泰山轻。
多生绮语⑱销不尽，苏髯⑲最达诗人情。
欲以文会天下士，掉臂⑳何意沧海行。
松楸㉑万里兴慕久，相寻逝没泣孤茕㉒。
人世何能免新故㉓，春华露草悲枯盈。
泉流俯镜㉔川阅水，日月逾迈㉕叹于征。
题诗不期生掩抑㉖，低吟剩有胆肝倾。

注释：

①高梧轩：赵叔雍有高梧轩、珍重阁某斋名。

②牂触：触犯，触动。《新唐书·儒学传下·褚无量》："庐墓左，群鹿犯所

植松柏，无量号诉曰：'山林不乏，忍犯吾茔树邪?'自是群鹿驯扰，不复
梃触。"

③无耑：即无端。

④流形：形体。

⑤开袟：犹开卷。南朝·梁·江淹《杂体诗·效谢惠连〈赠别〉》："点翰咏
新赏，开袟莹所疑。"

⑥琼琚：比喻美好的诗文。唐·韦应物《善福精舍答韩司录清都观会宴见
忆》诗："忽因西飞禽，赠我以琼琚。"

⑦大吕陈元英：大吕，钟名。元英，燕国宫殿。汉·刘向《战国策·乐毅报
燕王书》："大吕陈于元英，故鼎反乎历室，齐器设于宁台。"

⑧九京：犹九泉，指地下。宋·叶适《翁诚之墓志铭》："不忮不求，归全其
生乎，不从古人于九京乎?"

⑨湛冥：深沉玄默。《汉书·王吉贡禹等传序》："蜀严湛冥，不作苟见，不
治苟得，久幽而不改其操，虽随、和何以加诸?"

⑩南服：南方之地。

⑪廛诗：兴起作诗。

⑫废疾：谓有残疾而不能作事。《礼记·礼运》："矜、寡、孤、独、废疾者
皆有所养。"

⑬磨砻：磨练；切磋。唐·刘禹锡《酬湖州崔郎中见寄》诗："磨砻老益智，
吟咏闲弥精。"

⑭新硎：新磨的刀。

⑮秘菁：美好的事物。

⑯龙泉流落在丰城：龙泉，古代名剑，即太阿剑。后世诗文用"丰城剑"赞
美杰出人才，或谓杰出人才有待识者发现。

⑰畴日：昔日；从前。《文选·丘迟〈与陈伯之书〉》："见故国之旗鼓，感生
平于畴日。"

⑱绮语：美妙的词语。宋·苏轼《登州海市》诗："新诗绮语亦安用，相与
变灭随东风。"

⑲苏髯：即宋·苏轼。

⑳掉臂：甩动胳膊走开。表示不顾而去。《史记·孟尝君列传》："日暮之后，
过市朝者掉臂而不顾。"

㉑松楸：松树与楸树。墓地多植，谓怀念故乡，悼念亲人。南朝·齐·谢朓
《齐敬皇后哀策文》："陈象设于园寝兮，映舆锾于松楸。"

㉒孤茕：孤独，无依无靠。三国·魏·曹丕《短歌行》："我独孤茕，怀此百离。"

㉓新故：新与旧。《韩非子·五蠹》："夫古今异俗，新故异备。"

㉔泉流俯镜：俯身下视以照影。晋·潘岳《怀旧赋》："仰睇归云，俯镜泉流。"

㉕日月逾迈：日月前行，指时光流逝。《书·秦誓》："我心之忧，日月逾迈，若弗云来。"

㉖掩抑：低沉抑郁。唐·白居易《琵琶行（并序）》："弦弦掩抑声声思。"

浅解：

赵叔雍流落香港，吟诗作画，让饶公惺惺相惜，借苏东坡诗意赋作此诗，以此勉励友人以及自己："多生绮语磨不尽。"表达了自己对吟诗赋文的喜爱，并由赵叔雍的境遇联想到自己的遭遇，感叹"同是天涯沦落人"，大半生羁旅于外的无奈以及对家乡、亲人的思念之情。

简译：

霜泛黄月皎白画笔清新，如同大吕钟陈列元英殿。轻抚书卷怀人平增叹息，切磋如磨刀越磨越锋利。时间推移往事如风尘散，高梧落叶布满空寂庭院。只言片语徒有知音识得，由来情意比泰山还更重。想要以文章会天下才士，相寻消逝孤独使人抽泣。俯身下视照影阅尽山川，低声吟诵剩有胆肝倾听。

词家绝妙之句赋予形体。独自嗟叹昔人已经逝去，羁旅栖息南地岁月峥嵘。窜身美好之物天日遮蔽，龙泉宝剑流落到了丰城。文辞激昂令人思忆往日，过去事迹争从脑海呈现。美妙之词层出无穷无尽，挥臂而去何怕沧海远行。人世怎能避免新旧更替，时光流逝感叹还在征途。

打开诗卷美文满目琳琅，九泉之下可会深沉玄默。隔着海岸赋诗忘却疾病，琢磨诗句往往鬼神惊。秋风在荒冢上吹拂不旧交友人寥落如同晨星。才能如此岂让世人遗情，苏髯翁最能体现诗人情。松楸远在万里思慕已久，春花露草绽放而又枯萎。题写诗歌不期萌生抑郁，低声吟诵剩有胆肝倾听。

甘露寺忆写
一九八一年

暮雨催诗急，江风拂我衣。
山寒人自瘦，地暖竹能肥。
润叶和甘露，疏钟①隐翠微②。
随缘有墨戏③，不必更言归。

泰国甘露寺。曩日与晋嘉同游，谢君墓木已拱，追思不胜黄垆之戚。选堂辛酉。

写生地区：泰国

注释：

①疏钟：稀疏的钟声。清·陈廷敬《送少师卫公致政还曲沃》诗："梦绕细旃闻夜雨，春回长乐远疏钟。"
②翠微：指青翠掩映的山腰幽深处。《尔雅·释山》："未及上，翠微。"
③墨戏：随兴而成的写意画。《宣和画谱·墨竹诗意图》："阎士安，陈国宛丘人，家世业医，性喜作墨戏，荆槚枳棘，荒崖断岸，皆极精妙。"

浅解：

西晋时期，"竹林七贤"之一的尚书令王戎经过黄公酒垆，回忆起当年他与嵇康、阮籍以前畅饮之地，感慨万分，嵇康被害，阮籍亡故，而自己被俗务缠身，再也不能一起喝酒了。饶公游甘露寺，亦追思故友之痛，在诗句之中，也包含着对甘露寺美景的淡雅之赞。

简译：

垂暮之雨催出急诗，江风轻拂我的衣袖。山中寒冷人自羸瘦，土地湿暖竹子粗大。枝叶润泽附和甘露，稀疏钟声隐于青山。随兴而作有此画作，不必匆忙说要归去。

书黄道周①诗卷

一九八一年

鸟雀喧天天不疑，可怜天梦失龙骊②。
稻场六月接鹅鹳③，不是风师是雨师。
千行乳髓断慈云，十指檀香不敢焚。
自向长松披氅羽④，盘空顶踵⑤谢氛氲⑥。

注释：

①黄道周（1585－1646），字幼玄，一作幼平或幼元，又字螭若、螭平、幼
　平，号石斋，汉族，福建漳浦铜山（现东山县铜陵镇）人。明末学者、书
　画家、文学家、儒学大师。抗清义士。

②龙骊：黑色的龙。

③鹅鹳：水鸟天鹅与鹳鸟。明·徐渭《长干行》："月落沙昏寻不见，满江鹅
　鹳吊雄雌。"

④氅羽：用鸟类的羽毛缝制成的外衣。

⑤顶踵：头顶与足踵。借指全躯。《孟子·尽心上》："墨子兼爱，摩顶放踵
　利天下，为之。"后因以"顶踵"谓不顾身体，不畏劳苦，尽力报效。

⑥氛氲：指阴阳二气会合之状。《魏书·孝文帝纪上》："天地氛氲，和气充
　塞。"

浅解：

　　此诗描绘了鸟雀于雨雾之中飞起腾空不辞艰难的奋勇之姿，亦体现人生
道路中不畏艰辛的拼搏精神。

简译：

　　鸟雀喧天啼鸣天不曾质疑，只是可惜天上失去黑龙。六月稻场迎来天鹅
鹳鸟，不是风神而是雨神降临。千行白沫阻断天空慈云，十指染满檀香不敢
焚烧。独自向着长松披着鸟羽，盘空倾尽全力穿透云层。

双鹅飞坠犬羊屯，不谓轩高鹤不驯①。
买尽黄金描虎目，输将青粉②画霜筠③。

注释：

①不驯：比喻傲慢，性情强暴不驯顺。
②青粉：铅粉。明·陈汝元《金莲记·外谪》："闲青粉，冷翠钿，梨花门掩
　度芳年。"
③霜筠：竹子。唐·贾岛《竹》诗："子猷没后知音少，粉节霜筠漫岁寒。"

浅解：

　　此诗道出画中之景以及诗人作画的精神气。诗歌气韵生动，语言澎湃。

简译：

　　双鹅飞而坠落狗羊之圈，从不说道楼高鸟鹤不逊。黄金买尽用来描摹虎
目，再用铅粉画出竹子之姿。

露盘①风硃顿金绳②，曾向铜人别未曾。
百丈青松挂屐笥③，不愁猿掌断疏藤。

注释：

①露盘：佛祖坐的是露盘。象征着法力无边，道术高深，厚德之尊！
②顿金绳：忽然间领悟，解脱了尘世的牵挂，顿悟成佛。
③屐笥：屐，木头鞋。笥，专用类竹制容器。此处谓青松悬挂于嶙峋山间。

浅解：

　　此诗暗指与佛法阔别多年未曾察觉，却因画景让自己突然顿悟。青松挺
拔，猿掌断藤的画面，道出了画作笔力雄厚。

简译：

　　露盘风硃解脱尘世牵挂，与铜人离别似未曾发觉。百丈青松悬挂嶙峋山
间，不愁那猿掌会断此疏藤。

无碍疎①风过竹林，何妨看斗坐弹琴。
共说战龙翻渭水②，小龛③闭眼未安心。

注释：

①疎：同"疏"。本意疏导、开通。
②渭水：渭河，古称渭水，是黄河的最大支流。
③小龛：小屋。

浅解：

　　此诗阐述了一种心境，闲时坐观天象，弹琴怡情，已入深夜，疏风吹拂，心为安宁。

简译：

　　不碍稀疏之风吹拂竹林，何妨观看斗星闲坐弹琴。共同探讨战龙翻越渭水，小屋子里闭眼未曾安心。

抱瓮①倦多年不锄，鹖鸥②引子上蘧蒢③。
逻光宝剑昏于漆，给与邻儿刈④晚蔬。

注释：

①抱瓮：喻安于拙陋的淳朴生活。典出《庄子·外篇·天地》，那是子贡与
　一抱瓮灌溉的老翁的对话。
②鹖鸥：鹰类。
③蘧蒢：亦作"蘧除"。用苇或竹编成的粗席。
④刈：割。

浅解：

　　厌倦了春锄与奔波，身边的宝剑也已生锈，人生再没有斗志，与其一意孤行，不如潇洒放下。

简译：

　　安于拙陋已倦多年不锄，鹰鸟偕子飞上竹编粗席。逻光宝剑漆已昏暗无

光，留给邻居割不应时蔬菜。

蜗旋①已到铸兜②年，鹿颡③能辞今舆头④。
老去不知床上下，一随藤竹卧高楼。

注释：

①蜗旋：喻头发稀疏。
②铸兜：头盔。此指头顶。
③鹿颡：代指额头。
④舆头：有奔向之意。

浅解：

此诗谓老之将至，时间易逝之叹。

简译：

头顶鬓发已经稀疏零落，额头也光亮而毫无奔头。年老衰弱分不清床上下，不如随那藤竹卧于高楼。

何处芦花别塞鸿①，不分野外上樵宫②。
许多白石南山事③，尽在空斋鱼鼓④中。

注释：

①塞鸿：塞外鸿雁。唐·白居易《赠江客》诗："江柳影寒新雨地，塞鸿声急欲霜天。"
②樵宫：楼阁。
③白石南山事：才华出众却不得大用的故事。典出南朝·宋·裴马因《史记集解》关于"宁戚饭中歌"："南山矸、白石烂，中有鲤鱼长尺半。"表现出了怀才不遇之士自求用世的复杂心态。
④鱼鼓：鱼形木鼓。寺院中击之以报时。宋·陆游《眉州郡燕大醉中间道驰出城宿石佛院》诗："径投野寺睡正美，鱼鼓忽报江天明。"

浅解：

此诗用宁戚之典，感叹怀才不遇，一事无成之士。谓世间藏龙卧虎之士多已，但多数困于下层社会，孤独而凄零。

简译：

何处芦花辞别塞外鸿雁，不分旷野内外栖息楼阁。许多白石南山的故事，尽在空屋鱼鼓之中奏出。

> 橐驼^①项上坐鸜^②肥，晻画^③帘前卷燕微。
> 不垂打舫投竹杖，满汀鸥鹤一齐飞。

注释：

①橐驼：骆驼。《山海经·北山经》："其兽多橐驼，其鸟多寓。"
②鸜：同"鸦"。本义留鸟。
③晻画：昏暗不明的画。

浅解：

此诗描写群鸟齐飞之景，"坐鸦肥"、"卷燕微"、"不垂打舫投竹杖"、"满汀鸥鹤"都道出了鸥鹤之多。

简译：

骆驼项上停满肥胖鸦雀，帘前暗画隐约浮现燕影。不用捶打船舫投掷竹杖，满地鸥鹤便已齐齐飞起。

> 散发布沙成细色，垂肌救虎^①已难摸。
> 燃灯秋烬三千卷，留得天王歌利^②图。

注释：

①救虎："道士救虎"典出明·刘基《郁离子》，说的是道士他救了落水的老虎，结果差点儿反被老虎吃掉。
②歌利：梵语。无道极恶的暴君。

浅解：

人生之交难以估摸，有些人本性难改，轻易同情他们，结果往往害了自己。

简译：

散发布沙形成如此细色，奋力救虎自己难以估摸。暮秋燃灯读书破三千卷，留得描绘歌利暴君画图。

安然芦竹老吾庐，蛇蜺①肯园碧草余。
不向江心弄明月，鲸鱼须发懒于梳。

辛酉冬日书黄漳浦杂诗，时客星架坡之古鉴阁。选堂并记。

此余自美返星所书，忽忽三十余载，往日故人藇落，不可复问，漫识数语于卷后，聊舒子桓思旧之感。壬午开岁，选堂。时年八十有六矣。

注释：

①蜺：秋蝉、寒蜩。《说文解字》："蜺，寒蜩也。"

浅解：

此诗富含恬静慵懒之风，道出诗人晚年安然于外的精神世界。

简译：

安然芦竹终老于我屋子，蛇蝉肯栖息碧草之隙。不去江心拨弄倒映明月，鲸鱼连须发都懒于梳理。

瑞士阿尔卑斯山

一九八二年

入峡景频变，微渐①绕砚生。

云中万重山，寒调触深情。

嵌空太古雪，曾蕴无穷龄。

于兹悟画理，阴凹费经营。

疾风拂千里，长涧②落遥汀。

为我分一奇，如气出幽并③。

云头供吞吐，峰腰作宾萌④。

山形笔笔异，飞白孰与京⑤。

待招洪谷子⑥，商略倾微诚⑦。

乙巳岁暮游法南，望雾中白山，用大谢诗白石岩韵。壬戌冬追忆为图并题此句。选堂。

写生地区：瑞士

注释：

①微渐：细小的流水。唐·曹松《信州闻通寺题僧砌下泉》诗："耗痕延黑藓，净礎吐微渐。"

②长涧：长溪。

③幽并：幽州和并州的并称。约当今河北、山西北部和内蒙古、辽宁的一部分地方。其俗尚气任侠，因借指豪侠之气。南朝·宋·鲍照《拟古》诗之三："幽并重骑射，少年好驰逐。"

④宾萌：战国时对游士的称呼。《荀子·解蔽》："昔宾孟之蔽者，乱家是也。"

⑤孰与京：有谁能与相比。明·宋应星《天工开物·丹青》："注玄尚白，其功孰与京哉！"

⑥洪谷子：荆浩。字浩然，沁水（今属山西）人，隐居太行山洪谷，号洪谷

子。五代·后梁画家。擅画山水，常携笔摹写山中古松。

⑦微诚：微小的诚意。常用作谦词。晋·陆机《谢平原内史表》："臣之微诚，不负天地。"

浅解：

饶公游法南，赏略阿尔卑斯山脉奇景，触景深情。任何高超的画家都难以绘出眼前美景，因为只有大自然才是最杰出的画师。

简译：

进入峡谷景色频变，细流环绕砚石而流。云中隐约万重山岭，寒冷之调触动深情。太古遗雪嵌入天际，曾经蕴育无穷年岁。在此之中悟出画理，阴凹结构费心经营。疾驰之风吹拂千里，长河汇聚遥远沙汀。山色为我分得一奇，如有神气幽并中出。云头吞入吐出变幻无穷，做客山腰游历赏略。笔笔山峰形态各异，如此飞白谁能相比。等我招待那洪谷子，一同赏略倾诉诚意。

吴哥窟写生

一九八二年

杏梁①依旧晚鸦啼，燕子重来啄井泥。
谁道星移惊世换，坏墙秋草与人齐。
寂寥宫殿日西斜，尽道芜城②是帝家。
蔓草难图人去后，一藤终古接天涯。

　　癸卯岁游吴哥窟，忽忽二十年矣。宗少文云：身所盘桓，目所绸缪，追写成卷，不胜沧桑之感云。壬戌秋，选堂。
　　写生地区：柬埔寨

注释：

①杏梁：文杏木做成的屋梁，泛指华丽的屋宇。唐·白居易《寓意》诗之四："彼矜杏梁贵，此嗟茅栋贱。"

②芜城：古城名。即广陵城。故址在今江苏省江都县境。西汉吴王刘濞建都于此，筑广陵城。南朝宋竟陵王刘诞据广陵反，兵败死焉，城遂荒芜，鲍照作《芜城赋》以讽之，因得名。唐·李商隐《隋宫》诗："紫泉宫殿锁烟霞，欲取芜城作帝家。"

浅解：

　　饶公回忆吴哥窟之游，创此怀古之作，叹人世易衰，江山易改的无奈。

简译：

　　屋梁依旧存在晚鸦啼鸣，燕子还来到此地啄井泥。谁道斗转星移人世已换，坏墙秋草早已与人齐身。寂寥宫殿之外太阳西下，道尽芜城曾是帝王之家。人离开后蔓生之草难除，藤蔓从古至今连接天涯。

题金笺天台胜处通景四屏

一九八四年

接竹传波石作梯，山阴欲往苦难跻。
当年界道①今仍昔，不见天鸡②向我啼。
启奇示兆费幽寻，犹有飞泉出远林。
海客谈瀛空呓语，霞标③终古见天心。

孙绰天台山赋："理无隐而不彰，启二奇以示兆。""赤城霞起而建标，瀑布飞流以界道。"方广寺建自晋世，今仍为天台胜处。李白梦游天姥吟："天台四万八千丈。"语涉夸诞，近日陟赤城有诗，归来图此，藉记游踪。甲子春仲，选堂并记。

注释：

①界道：划为一道疆界。《文选·孙绰〈游天台山赋〉》："赤城霞起而建标，瀑布飞流以界道。"

②天鸡：天鸡，中国神话中天上的鸡。南朝·梁·任昉《述异记》卷下："东南有桃都山，上有大树，名曰'桃都'，枝相去三千里。上有天鸡，日初出，照此木，天鸡则鸣，天下鸡皆随之鸣。"

③霞标：高峻的挺立之物，指赤城霞标。唐·王勃《乾元殿颂》序："兼山配极，照弯阙于霞标。"

浅解：

天台山有二奇，霞标和界道，饶公回忆当年游天台山之景，由纪行转而抒情，感叹自然之大，人之渺小。

简译：

竹子接水石头作为阶梯，想要进入山里苦于难行。当年的界道今依旧存在，没有见到天鸡向我啼鸣。山中二奇示兆费力寻找，像有飞泉远处山林流出。海客谈论瀛洲空有谬语，霞标终古屹立能见天心。

四睡图

一九八五年

平生何所忧，此世随缘过。
日月如逝波，光阴石中火①。
任他天地移，我畅岩中坐。

　　甲子春游天台国清寺，访丰干禅院，觅虎迹，归来写此，并题拾得句。丰师得毋笑其饶舌也。乙丑，选堂记。

注释：

①石中火：石中火，像击石迸出一闪即灭的火花，语出南北朝·北齐·刘昼《新论·惜时》："人之短生，犹如石火，炯然而过"。

浅解：

　　四睡图中绘丰干、寒山、拾得与一虎，四者俱酣睡，画面静寂，显现禅之意境。饶公游天台国清寺，在丰干禅院寻觅其图，赋成此诗。诗中对画作进行侧面阐述，将画中人物的睡相从心境层面析出，表现出画中人自得之态。

简译：

　　平生有何感到忧愁，此世随缘得过且过。日月如同逝去之波，光阴如同击石火花。任他天地斗转星移，我畅然安坐石中央。

白描观音

九〇年代

感应无方^①，智慧无碍，以最胜缘，得大自在，清波莲叶，法相^②齐融，亦仙亦佛，长生之宗。

唐人白描法敬绘大士像，并录慈静。选堂。

注释：

①无方：没有固定的方向。

②法相：佛教术语，指诸法之相状，包含体相（本质）与义相（意义）二者。

浅解：

此诗题观音像，以四字句形式，将观音的大智慧、大自在鲜明表现出来。

简译：

感应没有方向，智慧没有阻碍，以最胜之缘分，得大自在之态，清波与莲叶，诸法相状相融，似神仙似佛祖，长生不老之源。

白描罗汉图
九○年代

枯木突兀，傲睨万物，顶门上眼①，正法中骨。

双井赞泐潭语，禅悦境界超越，顾陆手亦画不得也。选堂并识。

注释：

①顶门上眼：摩醯首罗天（梵语 Mahes/vara）具有三眼；其中，顶门竖立一眼，超于常人两眼，具有以智慧彻照一切事理之特殊眼力，故称顶门眼。

浅解：

泐潭，在江西省高安县洞山。相传唐代禅宗曹洞宗良价禅师与其弟子本寂曾居此习禅。饶公借用宋·黄庭坚《泐潭我和尚真赞》的偈语，题写白描罗汉图。

简译：

如同枯木突兀，傲睨世间万物，顶门竖立一眼，中骨护持正法。

云林笔意山水

一九九〇年

渐霜白向鬓边来，竹外疏花蘸水开。
植土危根①偏布暖，入怀孤月喜无猜。
暗尘生网空叹拙，野鸟依人不用媒。
欲寄荒塞难著笔，秋风巷叶晓侵苔。

略掇倪迂集，灯补题杂诗，选堂庚午。

注释：

①植土危根：唐·李白《树中草诗》："客土植危根，逢春犹不死。"

浅解：

饶公略掇倪瓒集，赋题此诗，咏山水画作。诗中寄情山水，抒发早生华发的孤独之感。

简译：

霜白逐渐向鬓角蔓延开，竹林外的疏花蘸水而开。危根植入土地施布温暖，孤月入人心怀且喜吾侪。尘土暗积成网令人感叹，野外飞鸟依人不用媒介。想要寄情荒野难以下笔，秋风吹拂巷叶侵入藓苔。

南海神庙次东坡韵

一九九一年

丛木蔽空不见天，林疏偶露两三湾，放臣①指点扶胥口②，迁客③神游海上山。万古司南开凤阙④，百行制诰⑤识龙颜，咸池⑥咫尺谁晞发⑦，且只回旋日御⑧间。

南海神庙次东坡韵。辛未冬，饶宗颐。

注释：

①放臣：放逐之臣。《文选·祢衡〈鹦鹉赋〉》："放臣为之屡叹，弃妻为之献欷。"

②扶胥：南海出海口扶胥镇，即今天波罗庙所在的庙头村，是古代广州的海路交通重地。

③迁客：指遭贬斥放逐之人。南朝·梁·江淹《恨赋》："或有孤臣危涕，孽子坠心。迁客海上，流戍陇阴。"

④凤阙：皇宫。晋·王嘉《拾遗记·魏》："青槐夹道多尘埃，龙楼凤阙望崔嵬。"

⑤制诰：皇帝的诏令。唐·元稹《制诰序》："制诰本于《书》，《书》之诰命、训誓，皆一时之约束也。"

⑥咸池：咸池是古代汉族神话中日浴之处。古人认为西方王母娘娘拥有很多年轻貌美的侍女，而咸池是专供仙女洗澡的地方。《淮南子》曰："日出旸谷，浴于咸池。"

⑦晞发：晒发使干。常指高洁脱俗的行为。《楚辞章句》卷二《九歌·少司命》："与女沐兮咸池，晞女发兮阳之阿。"

⑧日御：原指古代汉族神话中为太阳驾车的神，名羲和。后亦指古代掌记天象历数之官。或指太阳。喻指帝王的车驾。

浅解：

南海神庙又称菠萝（波罗）庙，是古代汉族劳动人民祭海的场所，坐落在广州黄埔区庙头村，是中国古代东南西北四大海神庙中唯一留存下来的建筑遗物，是古代皇帝祭祀海神的场所，也是我国古代对外贸易（广州是海上"丝绸之路"的始发地）的一处重要史迹。饶公用苏东坡韵赋成此诗，诗中阐述南海神庙的历史以及祭海的事迹，感情豪迈而激荡。

简译：

丛木遮蔽天空不见天日，稀疏林木偶现两三港湾，放逐之臣指点出洋港口，被贬斥之人神游海上之山。万古凭借司南开辟宫阙，百行诏令让人识得龙颜，浴处近在咫尺谁在晒发，且乘帝王车驾在此徘徊。

自书禅趣诗卷

一九九三年

劫火^②连云吹不断，业风^③随浪更无端^④。
置身还寓诸庸^⑤外，莫问菖蒲可作团。

注释：

①劫火：佛教语。谓坏劫之末所起大火灾。

②业风：佛教语。谓善恶之业如风一般能使人飘转而轮回三界。《汉魏南北
朝墓志集释·隋张涛妻礼氏墓志》："但尘芳不寂，终谢业风。"

③无端：指没有尽头。《汉书·律历志上》："周旋无端，终而复始，无穷已
也。"

④寓诸庸：寄托于有用之中。寓：寄托。诸：相当于"之于"。庸：指平常
之理。一说讲作"用"，含有功用的意思。

浅解：

　　此诗充满禅理，自然万物无穷无尽，其中奥义并非人在一朝一夕能够理
解，各种无用均寄托于有用之中，即使我们置身其中也未必能够观察到其本
真。所有的东西都无法强求解释，那就不如不闻不问，且待时间来给我们解
开谜题。

简译：

　　劫火洞烧连绵不绝接云，业风随波逐流没有尽头。置身其中寄托有用之
外，莫问菖蒲能否杂糅成团。

移花临境自生春，祓垢^①如销霁后尘。
相去仙凡宁尺咫，林间乞取著等身^②。

注释：

①祓垢：古代用斋戒沐浴等方法除灾求福。

②著等身：即著作等身。《宋史·贾黄中传》："黄中幼聪悟，方五岁，妣
　（pǐn）每旦令正立，展书卷比之，谓之'等身书'，课其诵读。"形容数量
　多，堆积起来和身高相等，就叫等身，也说著作等身。

浅解：

　　此诗阐述了与自然山林亲近的重要性，不管是不是人为的"移花"刻意
来接近自然，都是能够"生春"。与仙凡咫尺接近，向山林乞求灵感进行创
作，是饶公的希望。

简译：

　　移花到此春意自然而生，斋戒沐浴如去晴日扬尘。宁愿与仙凡能咫尺相
近，乞求林间觅得著作等身。

　　　　　水影山容尽敛光①，灵薪②神火散余香。
　　　　　拈来别有惊人句，无鼓无钟作道场。
　　　　　（支遁句"穷理增灵薪，昭昭神火传"）

注释：

①敛光：聚光。
②灵薪：指众生本具之佛性，清净无染，灵照而放光明。

浅解：

　　此诗阐述了顺其自然的禅理，亦是饶公在诗词书画上所追求的境界，八
大山人说："文字亦以无惧为胜，矧画事！""无鼓无钟，空所有"（石涛语），
然后才能无惧，才能"有"。诗中"信手拈来"才能获得最好的境界，做人、
创作皆是如此。

简译：

　　水影山容一同凝聚光辉，灵薪神火之光香泽世人。信手拈来总有惊人之
句，没有钟鼓亦能修行学道。

　　　　　拂衣①一笑首重回，面壁②还当肆口③开。
　　　　　日日刹幡④原不动，好风偏与役心⑤来。

向在星洲，和巴壶天⑥禅趣四绝。癸酉，选堂书。

注释：

①拂衣：指振衣，表示坦然面对。

②面壁：佛教用语。面对墙壁默望静修。据说佛教禅宗初祖菩提达摩寓止于嵩山少林寺，曾面壁而坐，终日默然静修九年。

③肆口：犹随口。有时含任意或无所忌惮之意。《文选·陆机〈演连珠〉之三八》："臣闻放身而居，体逸则安；肆口而食，属厌则充。"

④刹幡：六祖惠能刹幡之典，《五灯会元》卷一："祖寓止廊庑间，暮夜，风扬刹幡。闻二僧对论，一曰幡动，一曰风动。往复酬答，曾未契理。祖曰：'可容俗辈预高论否？直以风幡非动，动自心耳。'"

⑤役心：为心所役使。《逸周书·武顺》："人道尚中，耳目役心。"孔晁注："言耳目为心所役也。"

⑥巴壶天（1904—1987）：安徽滁县人。名东瀛，字壶天，号玄庐。为中华学术院哲士。1949年到台湾之后，受聘为国立编译馆编纂。1963年应新加坡义安学院之聘，出任该院中文系教授兼主任。此外，又曾先后任教于师范大学、台湾大学、东海大学等校。晚年潜心于诗及禅。所撰禅学论文多见载于《艺海微澜》及《禅骨诗心集》二书中。

浅解：

此诗阐述了心境的重要性，诗中借用面壁、刹幡之典，表达出修心可不拘形式，只要心静，即使恣意而为，亦能看清世间之事。

简译：

轻拂衣袖一笑而回首看，面壁静修亦可恣意而为。日日风扬刹幡原来不动，好风只是为心役使而来。

暗香卷

一九九四年

　　扶云立水撑岩壑，幽色如非此世春。干老枝枯冰玉雪，屑花娇艳汉银皴。几从毡塞逢才子，忽迂诸涂①见雄神。竟日抽思②难尽写，天教是物阚③诗人。

　　甲戌居雪莱，天寒日瘦，惜无梅花，因作两株，以石涛句满书之，是蕊是诗，已莫能辨也，待乞红裙为我一咏。选堂戏用老莲体并题。

注释：

①忽迂诸涂：路上忽然相遇。
②抽思：剖露心思、费尽心思。
③阚：望。

浅解：

　　梅花高洁之气节，娇艳之花色，令银河皴裂，即使费劲诗人心思都难以全面赞其美色，这是上天故意为难诗人。

简译：

　　扶云立水支撑岩石沟壑，幽静之色不像人间春色。枝干枯老冰清玉雪，花色娇艳使得银河皴裂，几次从那毡塞巧逢才子，路上忽然与雄神相遇了。终日费尽心思难以详写，上教万物令诗人难既望。

　　　　　照眼①枯林瘦日，侵肤乱霰②寒风。
　　　　　殊乡③何处觅芳丛，横幅翠禽④么凤。
　　　　　老干经霜凝黛，玉容中酒⑤留红。
　　　　　词仙⑥莫道绮情⑦空，犹许暗香同梦。

　　西江月次坡翁韵，呈选翁正拍。罗忼烈。

110

注释：

①照眼：犹耀眼。形容物体明亮或光度强。唐·杜甫《酬郭十五受判官》诗："才微岁老尚虚名，卧病江湖春复生。药裹关心诗总废，花枝照眼句还成。"

②乱霰：小冰粒。

③殊乡：异乡；他乡。晋·王嘉《拾遗记·轩辕黄帝》："帝乘云龙而游，殊乡绝域，至今望而祭焉。"

④翠禽：翠鸟。晋·郭璞《客傲》："夫攀骊龙之髯，抚翠禽之毛，而不得绝霞肆、跨天津者，未之前闻也。"

⑤中酒：饮酒半酣时。出自《汉书·樊哙传》："项羽既飨军士，中酒，亚父谋欲杀沛公。"

⑥词仙：擅长填词的人。

⑦绮情：美妙的情致。南朝·梁·沈约《绣像赞》："绮发绮情，幽搞宝术。"

浅解：

此诗出自罗忼烈，诗中阐述冬季独留异乡的孤独之境，林木已枯，乱霰侵入皮肤，孤独从何排解？画中自有乾坤：翠鸟么凤，枝干凝绿，杯酒入肚，暗香入梦。

简译：

枯木间透微光耀眼，乱霰寒风侵入肌肤。异乡何处觅得芳丛，横幅之中翠鸟么凤。枯老枝干经霜凝绿，酒过半酣玉容泛红。擅词之人莫说无情，许这暗香一同入梦。

四时山水

一九九四年

群山势走蛇^①，其来不可已。
屋小如牵舟^②，红浸夕阳里。
飞雪拂空林，朔风^③振枯苇。
去霭密成阴，浮生薄如纸。
莽莽万重山，微绛染千里。
山穷仆^④休悲，马后^⑤峰头起。

忆写瑞士白山，用坡公寒食诗韵。选堂。

注释：

①走蛇：如同蛇走之气势宏大。
②牵舟：小舟。
③朔风：指冬天的风，也指寒风西北风。
④仆：我。
⑤马后：回头望。

浅解：

此诗写在瑞士一侧的阿尔卑斯山的雪景，道尽山势宏伟，豪迈壮阔。从中亦反映人生苦短之悲，然饶公能坦然处之。虽然前方无路，但走过的路已充实人生，并无遗憾。

简译：

群山之势如同走蛇，来势汹汹不可以已。屋子窄小如同小舟，沐浴夕阳泛着微红。飘飞之雪吹拂空林，冬风挥动枯老芦苇。散去雾霭浓密成阴，人生苦短薄如纸张。万重山中草木繁盛，千里染成淡淡红色。山穷水尽莫要悲伤，回头远望群峰四起。

更试为君唱，云山韶濩^①音。
芳洲搴杜若^②，涵涧浴胎禽^③。
万古不磨^④意，中流^⑤自在心。
天风吹海雨，欲鼓伯牙琴^⑥。

选堂，甲戌并录旧句。

注释：

①韶濩：殷商时的乐舞。《左传·襄公二十九年》："见舞《韶濩》者。"后亦
  以指庙堂、宫廷之乐，或泛指雅正的古乐。
②芳洲搴杜若：搴，摘取。杜若，香草。芳草小洲折取香草。《楚辞·九
  歌·湘君》："采芳洲兮杜若，将以遗兮下女。"
③胎禽：鹤的别称。南朝·梁·陶弘景《瘗鹤铭》："相此胎禽，浮丘之真。"
④不磨：即是古人追求的立功、立德、立言等"不朽"。
⑤中流：即立于水流中央岿然不动，说明有定力、有智慧、有忍耐，境界上
  就是要保持一种自在的心。"万古不磨意，中流自在心"是饶公的人生座
  右铭。
⑥伯牙琴：喻指能奏出妙曲的琴。相传伯牙操琴，琴声高妙，唯钟子期知
  音。子期死，知音难觅，伯牙遂破琴绝弦，终身不复鼓琴。典见《吕氏春
  秋·本味》。后因以"伯牙琴"用为痛悼知音惜其难遇之典。

浅解：

　　此诗亦为饶公勉励学生做学问的诗歌，亦体现其做学问严谨的态度和独
立的精神。做学问，要不忘记古人追求立功、立德、立言"三不朽"的精
神；保持中流砥柱的坚定态度，继承前人开创属于自己的独立精神。

简译：

　　沐浴更衣为君歌唱，脱俗云山雅正古音。芳草小洲折取香草，幽僻溪涧
仙鹤戏水。万古长青不磨本意，中流砥柱自在我心。天地风吹夹杂海雨，想
要弹奏伯牙之琴。

雁荡烟霞

一九九四年

天地氤氲。甲戌，选堂。平生两游雁荡，挹大小龙湫之胜，振衣漱石，跻显胜门之绝顶，万峦秀千岩，竞奔笔底，惜未尽百一也。

真宰①偏留此奥区②，移形咫尺即成图。
急皴③澹墨难传妙，鬼脸乱云总不如。

注释：

①真宰：宇宙的主宰。
②奥区：腹地。奥，本作"隩"。东汉·班固《两都赋》："防御之阻，则天下之隩区焉。"
③皴：皴法，中国画技法名。是表现山石、峰峦和树身表皮的脉络纹理的画法。画时先勾出轮廓，再用淡干墨侧笔而画。

浅解：

此诗描绘雁荡山烟霞之奇美，饶公认为无论多么高超的画技，都无法与真宰鬼斧神工所创造的自然之美。

简译：

真宰偏留在此腹地，咫尺之内构成美图。急皴澹墨难传妙义，鬼脸乱云难以相同。

娲皇①炼得态何奇，虎视龙飞各合宜。
雾里诸峰皆湿笔②，画家从此悟华滋③。

注释：

①娲皇：女娲氏，又称女希氏、有蟜氏，是上古母系氏族时期聚落首领或部

族首领。相传是华胥氏之女，与伏羲是血亲兼配偶。女娲被誉为"古神女而帝者"，是炎黄二帝的母族，位列"三皇"、"五氏"之一，是华夏族始母，中华民族共同的人文先始。

②湿笔：湿笔与"干笔"对称。属中国画技法名。指笔含较多水分。湿笔作画，兴于唐代张璪。

③华滋：本指枝叶繁茂，后比喻美丽的画景。

浅解：

雁荡山山雾弥漫，山色奇峻，山峰如同湿笔画出，画家笔法兴许是从自然风光中悟出。

简译：

女娲炼得奇骏之态，虎视龙飞总是合宜。雾里诸峰皆用湿笔，画家从此悟得美景。

绝壁天留巨壑湲^①，从来积健始为雄^②。
悬空千丈明珠滴，上代何人此豢^③龙？

注释：

①湲：水流声。

②积健始为雄："积健为雄"一语出自唐代司空图的《二十四诗品》。原文"大用外腓，真体内充。反虚入浑，积健为雄。""积健为雄"阐述"为雄"是日积月累、学深养到、实实在在、不可作伪，都是积健的结果。

③豢：喂养。

浅解：

雁荡山的绝壁巨壑是天地年月积累而形成，饶公感叹自然造物的同时，亦明白积健为雄非常重要。

简译：

天留绝壁巨壑流出，向来积健方能为雄。悬空千丈明珠滴香，上代何人在此养龙？

石罅^①斜窥半月天，悬泉^②终日但潺然。
谷音谁解无哀乐，且听仙禽^③奏管弦。

注释：

①石罅：石头裂缝、缺口、瓶子裂缝或指狭谷中小道。唐·韦应物《同元锡题琅琊寺》诗："山中清景多，石罅寒泉洁。"

②悬泉：瀑布。唐·张九龄《入庐山仰望瀑布水》诗："绝顶有悬泉，喧喧出烟杪。"

③仙禽：鹤。相传仙人多骑鹤，故称。语本《艺文类聚》卷九十引《相鹤经》："鹤，阳鸟也，而游于阴，盖羽族之宗长，仙人之骐骥也。"

浅解：

　　诗歌先写山中之景，继而阐述山中声音，让人不仅感受到诗中有画，而是画中有乐。

简译：

　　石缝斜窥半边天月，瀑布终日潺然落下。谁解山音没有哀伤，且听仙鹤鸣奏管弦。

洞庭秋色
一九九四年

蕴真惬遇①。

龙集甲戌，选堂。

注释：

①蕴真惬遇：出自谢灵运的诗句："表灵物莫赏，蕴真谁为传。"蕴真，就是蕴含真趣真意的意思。

浅解：

除谢灵运诗外，杜甫也有诗《陪李北海宴历下亭》："蕴真惬所遇，落日将如何。贵贱俱物役，从公难重过。"光绪皇帝也有"蕴真惬遇"的匾额。

简译：

感受自然之美，心里畅然。

吴楚东南坼，乾坤日夜浮①。

此洞庭秋色，余既以茅龙书杜句，兴之所至，复以此笔濡色作此卷，别开新局，质诸同好，以为何如？甲戌端阳，选堂。

注释：

①吴楚东南坼，乾坤日夜浮：语出唐·杜甫《登岳阳楼》。

简译：

大湖隔开吴楚两地，天地湖面日夜浮荡。

朱描观音

一九九五年

一切法真如①，二障②清净相。法智③被所缘，自在无尽相。普遍真如智，修习证圆满。安立众生二，诸种无尽果。身语及心化④，善巧方便业。定及总持门⑤，无边二成就。自性⑥法受用，变化无别转⑦。如是净法界⑧，诸佛之所说。

敬绘法京所藏敦煌菩萨画样，并录贞观廿二年郗玄爽写《佛地经》。选堂于香港梨俱室。

注释：

①真如：原系梵文译名。其别称有："如如"、"性空"、"无为"、"实相"、"法界"、"法身"、"法性"、"实际"、"真实"、"真性"、"实相"、"法身"、"佛性"等。其总的概念是指宇宙中永恒不变的真理或真实无妄的本体。

②二障：烦恼障与所知障。出自《楞严经义海并宗镜录》。

③法智：智度论所说十一智之一，即观见欲界苦集灭道四谛法的无漏智。

④心化：内心受到感化。

⑤总持门：总持之法门。总持，为梵语 dhāranī（陀罗尼）之意译，即能总摄忆持无量佛法而不忘失之念慧力。有法、义、咒、忍等四种总持。然密教所称者，乃特指第三之咒总持。

⑥自性：佛性即自性，就是我们本来的样子。

⑦无别转：佛说心能转物与佛无别，此说法见《楞严经》。

⑧净法界：佛学术语，又作清净法界。佛所证之真体。清净者，真如之体，离一切烦恼之垢染；法界者，一切世间、出世间功德之所依。据《佛地经论》卷三载："净法界者，即是真如无为功德。"

浅解：

此诗录贞观廿二年郗玄爽写《佛地经·世尊说颂》之句。

简译：

　　一切源于真如之境，烦恼所知清净之相。无漏法智被所缘缘，自在这无尽相之中。普遍万有二空之理，修习能够获得圆满。安立于众生之中，体悟诸种无尽之果。身口而到内心感化，佛友善巧方便之说。心定及总持之法门，无边加持获得成就。本性皆能从中受用，心能转物与佛无别。如此而能入净法界，诸佛所说诸如此类。

朱描送子观音

一九九五年

巍隆大道，玄通①无津②，摩廓③幽微，眺睹叵闻，至人精感，鉠然发真④，三光⑤俱盛，乾坤改新，德威无际，含气⑥现民，显矣世尊，明德感神。

神玺三年七月十七日，张施于宽安县书《正法华经·光世音普门品》后题赞。岁在乙亥中元节，选堂盥手敬造大士象并书。

注释：

①玄通：谓与天相通。《老子》："古之善为道者，微妙玄通。"
②无津：没有渡口。三国·魏·曹植《当墙欲高行》诗："君门以九重，道远河无津。"
③廓：廓然。指大悟之境地。
④发真：找到万物根源。
⑤三光：日、月、星。
⑥含气：含藏元气。《淮南子·本经训》："阴阳者承天地之和，形万殊之体，含气化物，以成坲类。"

浅解：

此为德国柏林印度艺术博物馆藏吐鲁番出土的《正法华经·光世音品》题记。

简译：

巍峨隆盛大道，天地通无渡口，达摩廓然精微，眺望难以听闻，达到精感之境，鉠然找到根源，日月星皆兴旺，天地焕然一新，德威没有边际，含气现形于民，显灵成为世尊，了解道德感动神明。

狮子山图

一九九八年

窥牖狮子山，当头一棒喝。

揖我如大宾①，见我如拄笏②。

我行方施施③，日来步林樾④。

郊卉靓吐妍，斑藓纷清发⑤。

晨兴⑥寂无人，鸟啼山欲活。

烹茶扪虱⑦坐，面壁书空咄⑧。

夜半山雨来，诸峰翠似泼。

有时层阴⑨生，云过山竟没。

果有负而趋⑩，恍兮极通侻⑪。

乃知大无外⑫，何处有凹凸。

建以常无有⑬，乾坤此秀骨⑭。

供养得朝霞，从之餐野蕨。

　　狮子山坐对朝昏，悠然成咏，岁戊寅，作巨构新界山水，继写此小卷，以畅所怀。至大无外，至小无内，其是之谓乎。选堂并识，时年八十有二。

注释：

①大宾：周王朝对来朝觐的要服以内的诸侯的尊称。泛指国宾。《论语·颜渊》："出门如见大宾，使民如承大祭。"

②拄笏：南朝·宋·刘义庆《世说新语·简傲》："王子猷作桓车骑参军。桓谓王曰：'卿在府久，比当相料理。'初不答，直高视，以手版拄颊云：'西山朝来，致有爽气。'"按，手版，即笏。后以"拄笏看山"形容在官而有闲情雅兴。亦为悠然自得貌。

③施施：徐行貌。《诗·王风·丘中有麻》："彼留子嗟，将其来施施。"毛传："施施，难进之意。"郑玄笺："施施，舒行伺闲，独来见己之貌。"

④林樾：林木；林间隙地。唐·皮日休《桃花坞》诗："麇缘度南岭，尽日

寄林樾。"

⑤清发：清明焕发。《三国志·魏书·卷二十九》中"年四十八"裴松之注引《管辂别传》："〔管辂〕自言：'与此五君共语，使人精神清发。'"

⑥晨兴：早起。汉·刘向《说苑·辨物》："黄帝即位……未见凤凰，维思影像，夙夜晨兴。"

⑦扪虱：前秦王猛少年时很穷苦。东晋大将桓温兵进关中时，他去谒见，一面侃侃谈天下事，一面在扪虱，旁若无人。桓温见他不凡，问他，我奉天子之命讨逆，"而三秦豪杰未有至者，何也"？王猛说，你不远数千里而来，但"长安咫尺而不渡灞水"，百姓还不知你到底要怎么样，所以不至。桓温无言以对。见《晋书·王猛传》。后以"扪虱"形容放达从容，侃侃而谈。

⑧书空咄：书空咄咄，为叹息、愤慨、惊诧的事实。语出南朝·宋·刘义庆《世说新语·黜免》："殷中军被废，在信安，终日恒书空作字。扬州吏民寻义逐之，窃视，唯作'咄咄怪事'四字而已。"

⑨层阴：指密布的浓云。唐·李商隐《写意》诗："日向花间留返照，云从城上结层阴。"

⑩负而趋：背负带走。西汉·刘安《淮南子》卷二《俶真训》："夫藏舟于壑，藏山于泽，人谓之固矣。虽然，夜半有力者负而趋，寐者不知，犹有所遁。"

⑪通悦：放达不拘小节。《三国志·魏书》卷三十一："表以粲貌寝而体弱通悦，不甚重也。"

⑫大无外：大到极点，外无以加。战国·宋·庄周《庄子·天下》："至大无外，谓之大一；至小无内，谓之小一。"

⑬常无有：恒先无有。指在宇宙形成前，只存在无形的混而为一的宇宙本源，不存在有形的彼此有区别的物。《庄子·天下》："关尹、老聃闻其风而悦之，建之以常无有，主之以太一，以濡弱谦下为表，以空虚不毁万物为实。"复旦大学裘锡圭教授在复旦学报（社会科学版 2009 年第 01 期有关于《说建之以常无有》之论文，此处翻译参考其文。）

⑭秀骨：不凡的气质。唐·杜甫《八哀诗·赠左仆射郑国公严公武》："巍然大贤后，复见秀骨清。"

浅解：

　　此诗饶公描绘了清晨狮子山中超俗之景，并由景及情。以庄子"建之以常无有"反映脱俗之情怀，发达之心态。

简译：

  窗台窥探狮子山峰，其险峻如当头棒喝。向我作揖以礼相待，闲情雅兴心中萌生。我于其中缓缓而行，日头移影穿越林隙。百花争妍生气勃勃，苔藓斑驳清明焕发。清晨早起空寂无人，众鸟争啼群山复苏。烹茶扣虱悠然而坐，读书吟诗化解不平。夜半时分山雨袭来，诸峰翠绿如水泼洗。时而山中浓云密布，云过之处山没其中。果有负而趋走之事，通达脱俗难以说清。方可知道至大无外，哪里辨得凹凸之别？万物建于混沌一体，天地弥漫不凡之气。绚烂朝霞滋养我辈，随山饱餐野外之蕨。

古松小鼠

二〇〇〇年

筑室松下，脱帽①看诗，若其天放②，如是得之。

诗境与画无殊，惟真取不窃，是曰疏野。试以诗品入画。选翁。

注释：

①脱帽：形容豪放，无所检束。

②天放：放任自然。《庄子·马蹄》："一而不党，命曰天放。"

浅解：

仿唐·司空图《二十四诗品·疏野》书写画意。

简译：

筑巢穴于松树之下，无拘无束阅读诗歌。假若放任于自然中，如是可以达到境界。

黑湖游展册

二○○○年

马牙皴法^①耸奇峰，墨泽涵波^②润古松。
欲向山灵^③留粉本^④，月明来此听楼钟。

黑湖游展。庚辰选堂。
写生地区：瑞士

注释：

①马牙皴法：皴法，中国画技法名。是表现山石、峰峦和树身表皮的脉络纹
理的画法。马牙皴法是山水画里面画山凹凸不平山的画法，能显示出山凹
凸不平的样子，适合画在前面。
②墨泽涵波：墨法彰显出来湖水的脉络纹理。
③山灵：山神。《文选·班固〈东都赋〉》："山灵护野，属御方神。"李善注：
"山灵，山神也。"此指有灵气的山峦。
④粉本：画稿。古人作画，先施粉上样，然后依样落笔，故称画稿为粉本。
宋·苏轼《阎立本职贡图》诗："粉本遗墨开明窗。"

浅解：

此诗借中国山水画作画技法来表现 Bellerive 公园如画般的幽境。诗歌
营造出十足的画面感，使读者获得如临其境、如闻其声、感同身受的感知效
果。

简译：

马牙皴法使山峰峭拔险奇上耸千尺，水墨河泽轻泛涟漪滋润苍古的松
树。欲将灵山留在画家笔下的粉本之中，月明之夜来此聆听山中幽鸣的钟
声。

玉山堆里看冰山^①，磐石^②当空意自闲^③。
悬渡^④昆仑^⑤难比拟，湖风吹我出林间。

注释：

①玉山堆里看冰山：马特洪峰是一个有四个面的锥体，分别面向东南西北。每一个面都非常陡峭，因此只有少量的雪黏在表面，间中发生的雪崩把过多积雪推到峰下的冰川里。群山因常年积雪而远望如玉，而马特洪峰傲然屹立如丘的群山之中。

②磐石：厚而大的石头，也作盘石。《玉台新咏·孔雀东南飞》："君当作磐石，妾当作蒲苇。蒲苇纫如丝，磐石无转移。"

③自闲：悠闲自得。三国·魏·曹植《杂诗》之五："烈士多悲心，小人媮自闲。"唐·李白《山中问答》诗："问余何事栖碧山，笑而不答心自闲。"

④悬渡：我国古代的西南山区，隔水相望的两山之间，常常有许多猿猱泅渡的大峡谷。勤劳智慧的古代人民，织藤为索，飞架两山，然后从高处速滑而下，被称为"笮"，又名"悬渡"。此指攀越昆仑山的险状。

⑤昆仑：昆仑山。在新疆、西藏之间，西接帕米尔高原，东延入青海境内。势极高峻，多雪峰、冰川。最高峰达 7719 米。

浅解：

　　此诗描写了饶公于黑湖岸边远望马特洪峰所见所感，山峰傲然屹立于如玉的群山之中，宛若磐石般接连着天地，令被奉为天柱，相传天帝在地上的都城——昆仑山，也难以与之媲美，可见马特洪峰地区奇峻壮阔景色在饶公心中地位之高。

简译：

　　在群山之中领略千里冰封的马特洪峰，它正悠然自得稳若磐石地傲立云际。如此气势令昆仑山也相形见绌，清爽的湖风伴随我穿过幽静的山林。

　　　　萦青缭白①万峰头，遏日飞柯②泻急流。
　　　　落叶满山人迹杳，涧泉和雪洗清愁。

注释：

①萦青缭白：青山白水相互萦绕。宋·陆游《新筑山亭戏作》："天垂缭白萦

126

青外，人在纷红骇绿中。"

②遇日飞柯：形容草校叠遮蔽日光。《南齐书·列传》卷四十一："树遇日以飞柯，岭回峰以蹴月。"

浅解：

在如此纯净的雪山之中，人烟罕至之地，万物的空灵幽静能够洗涤人们心中的苦闷清愁。

简译：

青山白水萦绕于万山之巅，茂密蔽日之林木中急流倾泻。满山落叶而杳无人迹，雪山之融泉洗濯心中的凄愁。

平林①突兀出雕墙②，雪外千峰护夕阳。

携杖远来忘欲返，松花③犹带古时香。

注释：

①平林：平原上的林木。《诗·小雅·车辇》："依彼平林，有集维鷮。"毛传："平林，林木之在平地者也。"

②雕墙：饰以浮雕、彩绘的墙壁；华美的墙壁。《书·五子之歌》："甘酒嗜音，峻宇雕墙。"宋·苏轼《超然台记》："去雕墙之美，而蔽采椽之居。"此借指城市。

③松花：松树的花。唐·李白《酬殷明佐见赠五云裘歌》："轻如松花落衣巾，浓似锦苔含碧滋。"

浅解：

饶公于瑞士利菲阿尔卑徒步前行，在这林丘拥立、花气袭人的傍晚雪峰之景令他忘记了旅途的劳累而心情欢愉，流连忘返。

简译：

突兀的林丘立于繁荣的城市之旁，白雪千峰簇拥着傍晚的夕阳。携杖长途攀行而流连忘返，远近的松花依旧香溢四方。

雪壑冰崖①起异军②，山山雾雪了难分。

龙沙③便有千堆白，未比兹山一段云。

注释：

①雪塹冰崖：马特洪峰地区被皑皑白雪覆盖山峰，使得长年积雪的山体折射出金属般的光芒。

②异军：比喻另一种力量或派别卓然兴起。清·陈田《明诗纪事丁签·李梦阳》："空同出而异军特起，台阁坛坫移于郎署。"

③龙沙：即白龙堆。《后汉书·班超传赞》："定远慷慨，专功西遐。坦步葱雪，咫尺龙沙。"李贤注："葱岭、雪山，白龙堆沙漠也。"

浅解：

饶公于 Gornergrat 峰顶远眺群山，简洁的外形和闪亮的冰雪，眼前的圣洁之地，就是所有美的代名词，"龙沙便有千堆白，未比兹山一段云。"饶公这掷地有声的赞叹，让马特洪峰地区的景物瞬间直入人心，带给人前所未有的震撼感和无限遐想。

简译：

皑皑白雪覆盖山峰反射特殊银光，雾雪遮蔽难以分辨万里崇山景色。在群群白龙沙海中游戈无边无际，也未能与此山中的一片小云相媲美。

苍山负雪烛天门①，叠嶂晴时带雨痕。
绝壁翻空入无地②，遥遥又见两三村。

注释：

①烛天门：形容白雪之明亮，光烛天门。天门，天宫之门。《楚辞·九歌·大司命》："广开兮天门，纷吾乘兮玄云。"

②无地：犹言看不见地面。形容位置高渺或范围广袤。《楚辞·远游》："下峥嵘而无地兮，上寥廓而无天。视倏忽而无见兮，听惝恍而无闻。"

浅解：

登峰顶而远眺四方，白雪似烛竟日，天地开放式地展现在眼前，雨痕叠嶂，翻空绝壁，村落点缀，在饶公的笔下，大自然最美的景色似乎皆被涵盖在马特洪峰地区的名山之中。

简译：

白雪遮盖的山峰耀照天宫之门，晴日的叠嶂隐约可见雨落之痕。险峰绝壁奇伟而立于广袤的天地，远处的两三座村落巧妙地点缀在重山之中。

每从疏处透阳光，密树①攒攒②累万行。
小犬依人还自得，山花笑我为谁忙。

注释：

①密树：枝叶茂密的树；浓密的树林。南朝·梁简文帝《祠伍员庙》诗：
"密树临寒水。疏扉望远城。窗寮野雾入。衣帐积苔生。"
②攒攒：丛聚貌，丛集貌。南朝·宋·鲍照《绍古辞》之四："攒攒劲秋木，
昭昭净冬晖。"

浅解：

饶公此诗营造出一种轻松愉快的美好气氛，诗中由自然风光转而描绘田园风物，诗中毫无雕饰的"田家语"，平直质朴，却自然流畅，"小犬依人"，"山花笑我"，雅趣十足。

简译：

阳光从树叶的隙缝透出，密树于重峦之中累叠。依人的小狗悠然自得，山花笑我空自忙碌。

出门喜有好风俱，绿树成荫即吾庐①。
一事令人长系念②，绣球花③下食湖鱼。

注释：

①吾庐：我的屋舍。晋·陶潜《读山海经》诗之一："众鸟欣有托，吾亦爱
吾庐。"
②系念：挂念。宋·郭象《睽车志》："自得袍之后，不衣而出，则心系念。"
③绣球花：花名。一名"粉团"、"八仙花"。落叶灌木，叶青色。夏季开花，

成五瓣，簇聚呈球形，色白或淡红，甚美丽，为著名观赏植物。见《广群芳谱·花谱十七·雪球》。

浅解：

此诗表达了饶公的一种心境。人们在日常生活中总是被心事所困扰而无法释怀，然而当年苏轼在诗中感悟"此心安处是吾乡"，饶公亦有感而发，认为"绿树成荫即吾庐"，劝告心事重重的人们放开束缚，悠闲地享受眼前的美好。

简译：

出门喜好有清爽凉风携行，绿树成荫是我的栖身之处。不论遇上何等情景人们总是不由自主地将心事与之连了起来，不如在这绣球花下品食鲜美的湖鱼。

我从赤水①思玄圃②，公与苍山③共白头。
人物水乡劳指数，名都行处足淹留④。

注释：

①赤水：古代神话传说中的水名。《庄子·天地》："黄帝游乎赤水之北，登乎昆仑之丘而南望，还归遗其玄珠。"《楚辞·离骚》："忽吾行此流沙兮，遵赤水而容与。"洪兴祖补注引《博雅》："昆仑虚，赤水出其东南陬。"

②玄圃：传说中昆仑山顶的神仙居处，中有奇花异石。玄，通"悬"。《文选·张衡〈东京赋〉》："左瞰旸谷，右睨玄圃。"李善注："《淮南子》曰：'……悬圃在昆仑阊阖之中。''玄'与'悬'古字通。"北魏·郦道元《水经注·河水一》："昆仑之山三级：下曰樊桐，一名板松；二曰玄圃，一名阆风；上曰层城，一名天庭。是为太帝之居。"

③苍山：青山。唐·杜甫《九成宫》诗："苍山入百里，崖断如杵臼。"

④淹留：羁留；逗留。《楚辞·离骚》："时缤纷其变易兮，又何可以淹留？"

浅解：

此诗生动地描绘出戴公为饶公讲述 Vevey 人物水乡事略，让饶公思绪万千，随之飘零四方，领略游赏名都之雅趣。

简译：

　　我的思绪飞越赤水玄圃，戴公相伴青山共白头。当地的人物史迹劳君述说，游赏名都处处留下我们的足迹。

书唐太宗温泉铭

二〇〇一年

岩岩①秀岳，横基渭滨。

滔滔灵水，吐岫标神。

古之不旧，今之不新。

蠲痾荡瘵②，疗俗医民。

铄冻霜夕，飞炎雪晨。

林寒尚翠，谷暖先春。

年序屡易，暄凉③几积。

其妙难穷，其神靡觌④。

落花缬岸⑤，轻苔网石。

霞泛朝红，烟腾暮碧。

疏檐岭际，抗殿⑥岩阴。

柱穿流腹，砌裂泉心。

日莹文浅，风幽响深。

荡兹瑕秽⑦，濯此虚衿⑧。

伟哉灵穴，凝温镜彻⑨。

人世有终，芳流无竭。

太宗温泉铭拓本，出莫高石窟。向日摩挲，喜其萧闲，诚古今无匹。此作或未得其神理。辛巳，选堂。

注释：

①岩岩：高大；高耸。《诗·鲁颂·閟宫》："泰山岩岩，鲁邦所詹。"

②蠲痾荡瘵：治愈难治的疾病。

③暄凉：暖和与寒冷。唐·韦应物《端居感怀》诗："暄凉同寡趣，朗晦俱无理。"

132

④靡规：难以观察。

⑤缬岸：如同纺织品点缀岸边。

⑥抗殿：谓高筑殿堂。《文选·张衡〈西京赋〉》："疏龙首以抗殿，状崔嵬以岌嶪。"

⑦瑕秽：玉的斑痕，杂质。此指缺陷。

⑧虚衿：虚怀，虚心。《北史·卢玄传》："道将涉猎经史，风气謇谔，颇有文才，为一家后来之冠……彭城王勰、任城王澄皆虚襟相待。"

⑨镜彻：清晰透辟。

浅解：

《温泉铭》为一拓本残卷，高23厘米，共50行，每行七八字不等，为唐拓唐裱剪装本，1900年发现于敦煌藏经洞，后被伯希和盗去，现藏巴黎国家博物馆，编号 P4508。该帖是行书，也是唐太宗自撰自书的作品。原碑早已毁没。宋代以后，人们只知道文献有记载，无法见到原作，直到敦煌藏经洞的发现，这件书法作品才公之于世。

简译：

神秀山岳高耸，横处渭水之滨。滔滔灵气之水，云气宛似仙境。古之事不过时，今之事不新颖。治愈疑难疾病，疗俗拯救民众。融化冻霜于夕，炎日雪晨升起。林木寒而翠绿，谷暖先迎早春。年序总是更易，冷暖反复累积。其妙难以道尽，其神废人窥探。落花点缀河岸，轻苔缠绕石头。云霞泛着朝红，烟雾升暮色碧。屋檐疏山岭尽，殿堂岩石之阴。柱穿流水之腹，砌裂泉水中心。日光盛文词浅，幽风作响深邃。涤荡身上凡尘，洗濯心中虚妄。伟大灵气之穴，温暖清晰透辟。人世有其终止，芳流没有竭尽。

洞庭君山①

二○○一年

斑竹②世间只一丘，九疑咫尺使人愁。
神皇曾令山成赭，转眼威棱③复在不？

注释：

①君山：君山在岳阳市西南 15 公里的洞庭湖中，古称洞庭山、湘山、有缘
山，是八百里洞庭湖中的一个小岛，与千古名楼岳阳楼遥遥相对，取意神
仙"洞府之庭"。

②斑竹：一种秆上有紫褐色斑点的竹子，也叫湘妃竹。晋·张华《博物志》
卷八："尧之二女，舜之二妃，曰湘夫人。帝崩，二妃啼，以涕挥竹，竹
尽斑。"

③威棱：威力；威势。《汉书·李广传》："是以名声暴于夷貉，威棱憺乎邻
国。"

浅解：

饶公莅临君山小岛，用秦皇火树典故，道出当年秦始皇迁怒湘山神二
妃，赭树烧山之事，诗末用反问句来表现小岛魅力之不减当年。

简译：

斑点竹子世间只在此丘，九疑近在咫尺使人忧愁。天帝曾令此山变成赭
色，一转眼间威势是否还在？

茶香①时自林间出，小艇真从天上来。
恨与湘妃悭一面，不甘遑道③洞庭回。

注释：

①茶香：岛上所产的特色针形黄茶——君山银针驰名海内外。

②湘妃：帝舜之二妃，名曰娥皇、女英。此亦代指湘妃竹。

③遭道：寸步难行。

浅解：

　　此诗虽短，却将君山的地方特色表达得淋漓尽致，岛山盛产茶叶、斑竹、湘妃的典故、屈原《九歌》的诗文，都可以在诗中觅得。

简译：

　　茶叶香气不时从林间出，小艇真如从天上而降临。恨不能与湘妃见上一面，不甘掉头徘徊洞庭湖畔。

三醉归来复举觞^①，朗吟诗客送斜阳。

回头三万六千顷^②，犹有神光接昆茫。

注释：

①举觞：举杯饮酒。《战国策·魏策二》："梁王魏婴觞诸侯于范台。酒酣，请鲁君举觞。"

②三万六千顷：原指太湖。此代指洞庭湖。

浅解：

　　此诗阐述群山与洞庭湖壮阔的黄昏之境，饶公饮酒兴起，吟诗赋作，天地犹有神光相助，让其雅兴四起。

简译：

　　三次喝醉依旧举杯饮酒，朗声吟咏诗人目送斜阳。回头三万六千顷湖水，犹有神光接连昆茫之地。

五岳图

二〇〇一年

齐鲁①青青欲际天，阴阳燮理②亦徒然。
筛云顶上群仙聚，画笔新来比巨然③。

自题东岳图。辛巳，选堂。

注释：

①齐鲁：泰山。

②阴阳燮理：指调和、理顺阴阳，使之和谐平衡，各归其位，在用人上，要和谐，相得益彰。《尚书·周官》："立太师，太傅，太保，兹惟三公。论道经邦，燮理阴阳。"

浅解：

饶公此诗自题东岳泰山画作，描绘了泰山与天齐高、阴阳相调的人间仙境之美，并自信能与巨然山水画作媲美。

简译：

齐鲁青青似要接连天际，调和理顺阴阳亦是徒然。山顶筛云迷蒙群仙会聚，新画作想要与巨然相比。

岭似儿孙相率从，凭高喜见九州同①。
陇岷嵩岱②都行遍，更上朱明③第一峰。

盛弘之荆州记，说衡山朱陵之灵台。辛巳，选堂。

注释：

①九州同：南宋·陆游《示儿》："死去元知万事空，但悲不见九州同。"此

诗化用诗句，喜见九州已经统一。

②陇岷嵩岱：陇中黄土高原、甘南草原和陇南山地等古岷州一带，岷指岷山，嵩指嵩山，岱指泰山。此代指全国各地山脉。

③朱明：朱明峰。衡山有七十二座山峰散布在衡阳、衡山、衡东、长沙、湘潭诸县，方圆八百里，朱明峰为七十二座山峰之一。

浅解：

衡山朱明峰朱陵灵台，七十二峰连绵如同儿孙绕膝，诗中体现对祖国统一的欢喜，亦表现画作登高的开阔之境。

简译：

山岭连绵如同儿孙相随，登高喜而乐见九州统一。陇岷山山水水都已行遍，如今再登上朱明第一峰。

荣河温洛①尽尧封②，久阅沧桑有古松。
犹喜少林③能作健④，群山负雪已成翁。

题雪中嵩岳，辛巳，选堂。

注释：

①荣河温洛：光荣的黄河，温暖的洛水。南朝·梁·刘勰《文心雕龙·正纬》："赞曰：荣河温洛，是孕图纬。"

②尧封：传说尧时命舜巡视天下，划为十二州，并在十二座大山上封土为坛，以作祭祀。《书·虞书·舜典》："肇十有二州，封十有二山。"后因以"尧封"称中国的疆域，习惯上是"尧封舜壤"连用。

③少林：少林寺位于河南省登封市嵩山五乳峰下，由于其坐落于嵩山腹地少室山的茂密丛林之中，故名"少林寺"。

④作健：成为强者。谓奋发称雄。《乐府诗集·横吹曲辞五·企喻歌辞一》："男儿欲作健，结伴不须多。"

浅解：

此诗描绘雪中嵩山之画作，登高感慨国土之广，历史之久，山林之强，雪山之白。

黄河洛水尽是中国疆土，阅尽沧海桑天有这古松。犹喜少林能成为此地强者，群山覆盖积雪如同白翁。

削壁居然大壑丛，人如飞鸟半悬空。
凌霄镌出悬空寺^①，尽在空濛一气中。

恒岳悬空寺。辛巳，选堂并题。

注释：

①悬空寺：位于山西省大同市浑源县恒山金龙峡西侧翠屏峰的峭壁间，素有"悬空寺，半天高，三根马尾空中吊"的俚语，以如临深渊的险峻而著称。建成于1400年前北魏后期，是中国仅存的佛、道、儒三教合一的独特寺庙。

浅解：

此诗咏恒山，描绘出恒山之险，沟壑之大，寺庙之绝，雾气之浓的画境。

简译：

悬崖峭壁沟壑丛林林立，人如同飞鸟半悬于空中。凌空天际镌刻悬空寺庙，尽在这空濛的雾气之中。

中国风光

二〇〇一年

黄昏莫辨瀼①东西，赤甲白盐②天更低。
重讽苍藤古木句③，惜无两岸夜猿啼④。

过白帝城⑤，风景顿异，忆写其概。选堂。

注释：

① 瀼：露很大的样子。

② 赤甲白盐：赤甲，即赤甲山，位置在瞿塘峡西口的北岸，南基连白帝山，
土石皆赤。宋人称西山、西郊和卧龙山，今人称鸡公山。白盐，即白盐
山，位置在瞿塘峡中段的南岸，今称桃子山。因页岩遍布，色如白盐故
名。

③ 苍藤古木句：典出唐·高适《送李少府贬峡中王少府贬长沙》："青枫江上
秋帆远，白帝城边古木疏。"

④ 两岸夜猿啼：典出唐·李白《早发白帝城》："两岸猿声啼不住，轻舟已过
万重山。"

⑤ 白帝城：白帝城位于重庆奉节县瞿塘峡口的长江北岸，奉节东白帝山上，
三峡的著名游览胜地。原名子阳城，为西汉末年割据蜀地的公孙述所建，
公孙述自号白帝，故名城为"白帝城"。

浅解：

饶公黄昏时分登临白帝城，一边游赏，一边缅怀先代诗人，古今唱和，
共诉愁情。

简译：

露水遮蔽黄昏难辨东西，赤甲白盐高耸天空更低。重新诵讽苍藤古木之
句，可惜两岸没有夜猿啼叫。

万转千岩掩赤城^①，寻仙此处只初程^②。
云霓明灭^③非难到，凄绝^④寒泉日夜声^⑤。

天台赤城山，选堂忆写并题。

注释：

①万转千岩掩赤城：山上岩石林立，道路曲折。意境化自唐·李白《梦游天
　姥吟留别》诗："天姥连天向天横，势拔五岳掩赤城……千岩万转路不定，
　迷花倚石忽已暝。"
②初程：旅程刚开始。南宋·姜夔《扬州慢》词："淮左名都，竹西佳处，
　解鞍少驻初程。"
③云霓明灭：天中云朵和虹霞忽明忽暗的样子。唐·李白《梦游天姥吟留
　别》诗："越人语天姥，云霓明灭或可睹。"
④凄绝：极度凄凉悲伤。金·元好问《同姚公茂徐沟道中联句》诗："联诗
　强一笑，凄绝恐销魂。"
⑤日夜声：指水声日夜不断。明·甘瑾《题余忠宣请授兵书》诗："西风一
　剑英雄泪，已逐寒江日夜声。"

浅解：

　　此诗继承李白《梦游天姥吟留别》的意境，并添新意，使诗境焕然一
新。"云霓明灭或可睹"是说云霓明灭的地方隐约可见，而饶公言"云霓明
灭非难到"，不仅隐约可见，而且可以到达，像是在回应李白，跨越千年的
诗人对话，读来别有奇趣。赤城山崎岖陡峭，"非难到"三字表达出饶公不
畏险境、轻易克艰的斗志，颇能鼓舞读者。第二句言赤城山是寻仙的初始路
途，为诗歌增添神秘气氛，使整首诗充满梦幻迷离的美感。

简译：

　　千转万折遮住赤城，寻仙到此只是开端。云霞明暗不难到达，悲凉寒泉
昼夜不停。

船尾夕阳红，船头初月白。
天地一孤舟，宛尔^①忘主客。

清水湾泛海，选堂。

注释：

①宛尔：明显貌。真切貌。元·耶律楚材《又索六经》诗："简策灿然新制度，文章宛尔旧仪刑。"

浅解：

此诗描绘了海中落日之景，日落于船尾，月升于船头，虽不强烈，但十分温暖。

简译：

船尾夕阳西下红艳艳，船头皎月初升白亮亮。一叶孤舟浮于天地之间，情真意切令人主客不分。

> 日月星辰众洞通^①，人间何处觅^②韩终^③。
> 行藏^④岂为莼鲈脍^⑤，回首剡溪^⑥一梦中^⑦。

游四明山，选堂并题。

注释：

①日月星辰众洞通：语见《三才图会·四明山图考》："四明山者……高兴华顶，齐跨数邑……中有芙蓉峰，刻汉隶'四明山心'四字。其山四穴如天窗，隔山通日月星辰之光，故曰四明。"
②人间何处觅：人间何处寻觅。宋·程公许《和司令洪文咏梅花两绝句》其一："人间何处觅琼华，元住瑶池阿母家。"
③韩终：秦始皇时方士。《史记·秦始皇本纪》："因使韩终、侯公、石生求仙人不死之药。"
④行藏：指出仕和退隐，典出论语。《论语·述而》："子谓颜渊曰：'用之则行，舍之则藏，惟我与尔有是夫！'"
⑤莼鲈脍：莼菜羹、鲈鱼肉，代指家乡美味。典出《世说新语·识鉴》，西

晋张翰官洛阳，见秋风起，因思吴中莼菜羹、鲈鱼脍，他说："人生贵得适意尔，何能羁宦数千里以要名爵？"遂命驾便归。

⑥剡溪：位于浙江嵊县，曹娥江上游。唐·李白《梦游天姥吟留别》诗："湖月照我影，送我至剡溪。"

⑦回首一梦中：北宋·苏轼《送杜介归扬州》诗："当年帷幄几人在，回首舻棱一梦中。"南宋·陆游《渔歌子·灯下读玄真子渔歌因怀山阴故隐追拟》词其一："苹叶绿，蓼花红，回首功名一梦中。"

浅解：

四明山贯通日月星辰之光，象征光明智慧，历来与道家文化、隐士文化相关。古代诗人常入山寻仙访道，留下许多诗篇。施肩吾《同诸隐者夜登四明山》诗云"半夜寻幽上四明，手攀松桂触云行。相呼已到无人境，何处玉箫吹一声"正表达如此情致。饶公行至四明山，继承前代诗歌传统与文化传统，诗中连用韩终、张翰之典，表达出此身愿归隐山林，一心治学，不近红尘俗务的清高品性，愿在"剡溪梦中"度过神仙生活。

简译：

日月星辰各洞连通，人间无处寻觅韩终。出仕隐居岂为莼鲈，回望剡溪身在梦中。

望七①还堪上翠微②，征轮蟞蹑雨中飞。
西王濯足③盆安在，九折回车复雪归。

天山即事句。选堂没骨。时年八十有五。

注释：

①望七：望七之年即将近七十岁的意思。

②翠微：指青翠掩映的山腰幽深处。《尔雅·释山》："未及上，翠微。"

③征轮：远行人乘的车。唐·王维《观别者》诗："挥泪逐前侣，含凄动征轮。"

④濯足：本谓洗去脚污。后以"濯足"比喻清除世尘，保持高洁。《孟子注疏》卷七上《离娄章句上》："有孺子歌曰：'沧浪之水清兮，可以濯我缨；

沧浪之水浊兮，可以濯我足。'"

浅解：

　　饶公年近七十，乘车在雨雪之中登上天山，以"西王濯足"之意表现天山隔绝尘世高洁之境。

简译：

　　年近七旬还可登上青山，乘车颠颠簸簸雨中飞驰。西王洗脚之盆今在何方，山路九转归途雪花相伴。

虚谷^①憨山^②去不还，孤根蟠结^③石垣^④间。
片帆安稳波千顷，七十二峰^⑤薮^⑥上山。

　　蟠螭山所见。辛巳选堂。

注释：

①虚谷：清代初年僧人，俗家姓朱，僧名虚白，出家后取字虚谷，往来江南各地卖画为生，一生清贫，死后埋葬在蟠螭山。
②憨山：明代万历年间的僧人，俗家姓蔡，字澄印，号憨山，曾经隐居在蟠螭山上，在面朝太湖的永慧禅寺修行。
③蟠结：盘曲纠结，此处指石壁上的古树。
④石垣："垣"是墙壁，"石垣"即指蟠螭山石壁。
⑤七十二峰：太湖边上山峰很多，有"七十二峰"，著名景观。
⑥薮：本意为生长着很多草的湖，此处指太湖。

浅解：

　　蟠螭山是太湖七十二峰之一，饶公游览蟠螭山作成此诗。首联采用时空交错的写法，首句联想古时之事，曾在此隐居的虚谷、憨山如今都已不在；二句将思绪拉回当下，描写仍在眼前的孤根石垣。两句形成对比效果，当年景物还在而先人已经消逝，表达出物是人非的深沉历史感慨。第三句笔势一变，从沉思中醒来，转而激昂。太湖上风浪正烈，而小舟搏浪稳航，饶公乘坐舟上观看拔地而起的七十二座高峰，从语言运用、景物描摹到情绪表达，都充满斗志而气势豪壮，全诗于刚健中收尾，气韵不散，余味绵长。

　　虚谷憨山一去不返，古树盘曲扎根石壁。小船稳泛千顷波涛，七十二峰矗立水上。

　　龙宫青女久升遐^①，石穴潜通^②亦是家；谁似元春偏好事，篙舟^③卅里此烹茶。

　　洞庭湖柳毅井旧句。辛巳选堂。

注释：

①升遐：升天。《淮南子·齐俗训》："今欲学其道，不得其养气处神，而放其一吐一吸，时诎时伸，其不能乘云升遐亦明矣。"
②潜通：暗通；私通。汉·应劭《风俗通义·皇霸·三皇》："指天画地，神化潜通。"
③篙舟：撑船。宋·郭彖《睽车志》卷三："其子克，弃兄弟，自城篙舟迎候。"

浅解：

　　此诗由柳毅与龙女的传说引出当地景色，当年传说人物早已无迹可寻，亦不是谭元春赞美柳井水甘美之时，而是在此烹调好茶，赏略美景的好时刻。

简译：

　　龙宫神女早已升天成仙，石穴暗通也可成为家园。谁似谭元春那好事之徒，撑船三十里在此烹调茶叶。

　　饱听潮声一刹那，乾坤滚滚此扬波。
　　春风仍有安澜^①意，白浪如山脚下过。

　　钱塘江观潮。辛巳选堂。

注释：

①安澜：水波平静。比喻太平。《文选·王褒〈四子讲德论〉》："天下安澜，
比屋可封。"

浅解：

　　此诗描写钱塘江潮，将潮水的雄伟壮阔、浪花的银白特色鲜明体现。

简译：

　　饱听潮声一刹那间，天地滚滚此处扬波。春风依旧水波平静，白色浪花
山脚下过。

　　　　　　杨柳摇堤绿绕，夕阳山背红酣。
　　　　　　莫问前朝烟水，俨然塞北江南。

热河烟雨楼六言。选堂。

浅解：

　　杨树柳树环绕着堤坝，黄昏山景透着红酣。饶公不想为前朝诗人断肠之
事所牵绊，只想静静地领略此间美景。

简译：

　　杨柳沿着堤坝翠绿环绕，夕阳西下山坡透着红酣。不要过问前朝烟水何
许，此间美景俨然塞北江南。

　　　　　晨兴①言过杨梅关②，叠嶂连天③无雁还④。
　　　　　百里梯田将绿绕⑤，一车看遍浙东山⑥。

浙东高枧道中诗。选堂写于梨俱室。

注释：

①晨兴：早起。晋·陶潜《归园田居》诗其三："晨兴理荒秽，带月荷锄

归。"

②杨梅关：浙东地区盛产杨梅，以此得名。

③叠嶂连天：屏障般的山峰重叠林立，高耸入云。宋·韩元吉《寄梁士衡》诗："乱花洗雨红成阵，叠嶂连天翠作堆。"

④无雁还：大雁迟迟不还。明·李昱《清明有怀》诗："登楼转觉添归思，欲寄尺书无雁还。"

⑤将绿绕：指水流环绕着田野。宋·王安石《书湖阴先生壁》诗："一水护田将绿绕，两山排闼送青来。"

⑥看遍浙东山：化用民国·夏承焘《南歌子·严州道中》词："两年看遍浙东山，每到西台一笑，又忘还。"

浅解：

饶公在旅途中时刻不忘题诗，眼前之景皆可化成诗篇。本诗描摹乘车经过杨梅关，途中远眺之所见，山峰云天，梯田碧绿，打动诗情。诗中第二联皆为饶公化用前人妙句而成，意境从前人诗脱出却又别有风致，既得前代诗家神韵却又不落俗套，自成一景，由此可见饶公古典诗文功底之深及其感受生活之细腻入微。

简译：

早起听言过杨梅关，山峰重叠不见回雁。碧绿环绕百里梯田，行车看遍浙东群山。

伽利洞涉水图

二〇〇一年

夏坐①已终雨犹纵，天公②于客颇愚弄。平畴无际交远风③，众流截断齐奔洞④。地湿欺人脚陷泥，波翻逞势马脱鞥⑤。赖彼应真⑥力渡水⑦，深厉浅揭⑧情何重。山前红碧纷夺目，林底龙蛇招入瓮。乍悟虚空山巍然⑨，尚喜雷风心不动。窟中佛像百丈高，气象⑩俨与天地共。参禅精意解救糍⑪，（岩头禅师语，见宗鉴法林。）闻道痴人强说梦⑫。江花微含春山笑，归路又劳秋霖⑬送。身外⑭西邻⑮即彼岸⑯，悟处东风初解冻。可有言泉⑰天半落，顿觉慧日⑱云间涌。老聃旧曾化胡来⑲，道穷⑳何必伤麟凤㉑。

冒雨游伽利洞，汪德迈背余涉水数重，笑谓同登彼岸。辛巳，选堂忆写。

写生地区：印度

注释：

①夏坐：指印度佛教和尚每年雨季在寺庙里安居三个月的行为，也叫夏安居、雨安居、坐夏、夏坐、结夏、坐腊或安居。

②天公：天。以天拟人，故称。《尚书大传》卷五："烟氛郊社不修，山川不祝，风雨不时，霜雪不降，责于天公。"

③平畴无际交远风：平畴，平坦的田野。晋·陶潜《癸卯岁始春怀古田舍》诗之二："平畴交远风，良苗亦怀新。"

④众流截断齐奔洞：化用苏轼《白水》诗云："截破奔流作潭洞。"

⑤脱鞥：带嚼子的马笼头脱落。

⑥应真：佛教语。罗汉的意译。意谓得真道的人。《文选·孙绰〈游天台山赋〉》："王乔控鹤以冲天，应真飞锡以蹑虚。"李善注："应真，谓罗汉也。"李周翰注："应真，得真道之人。"

⑦渡水：指唐·王维有《渡水罗汉》画作，关于这一画作评论见南宋·陈善

147

《扪虱新话》:"王右丞作雪里芭蕉,盖是戏弄翰墨,不顾寒暑。今世传右丞所画渡水罗汉,亦是意也。而山谷云:'阿罗皆具神通,何至拖泥带水如此? 使右丞作罗汉画如此,何处有王右丞耶?'山谷意以为右丞当画罗汉,不当作罗汉渡水也。然予观韩子苍题孙子邵《王摩诘渡水罗汉》诗云:'问渠褰裳欲何往? 仓徨徙倚沧波上。至人入水固不濡,何以有此恐怖状? 我知摩诘意未真,欲以笔端调世人。此水此渡俱非实,摩诘亦未尝下笔。'以此观之,古人作画,自有指趣,不知山谷何为作此语,岂犹未能玩意笔墨之外耶?"

⑧深厉浅揭:《诗·邶风·匏有苦叶》:"深则厉,浅则揭。"朱熹集传:"以衣而涉曰厉,褰衣而涉曰揭。"谓当根据水的深浅采取适当渡河方式。后以"深厉浅揭"比喻行动要因时因地制宜。

⑨乍悟虚空山巍然:巍然,卓异貌;屹立貌。晋·葛洪《抱朴子·外篇汉过》:"含霜履雪,义不苟合,据道推方,巍然不群。"《传灯录》:"有朋彦上座,博学强记,来访报恩慧明禅师,敌论宗乘。师曰:'言多去道转远。今有事借问:只如从上诸圣及诸先德,还有不悟者也无?'彦曰:'若是诸圣先德,岂有不悟者哉?'师曰:'一人发真归源,十方虚空,悉皆消殒,今天台山巍然,如何得消殒去?'彦不知所措。"

⑩气象:气度,气局。《新唐书·王丘传》:"(王丘)气象清古,行修絜,于词赋尤高。"

⑪参禅精意解救粝:典故引自《宗鉴法林》卷四十七:"黄龙初参岩头,问如何是祖师西来意。头曰:'你还解救粝么。'师曰:'解。'头曰:'且救粝去。'后到玄泉问如何是祖师西来意,泉拈起一茎皂角曰:'会么。'师曰:'不会。'泉放下皂角作洗衣势,师便礼拜,曰:'信知佛法无别。'泉曰:'你见什么道理。'师曰:'某甲曾问岩头。'头曰:'你还解救粝么。救粝也只是解黏,和尚提起皂角亦是解黏,所以道无别。'泉呵呵大笑,师遂有省。幻寄稷云,玄泉若无后笑,几乎带累岩头,黄龙一笑下脱却毛角,尚未免牵犁拽耙。"此事亦见于宋·释普济《五灯会元·黄龙诲机禅师》。

⑫闻道痴人强说梦:亦作"痴人说梦"。语本《五灯会元·龙门远禅师法嗣·乌巨道行禅师》:"祖师西来,直指人心,见性成佛。痴人面前,不得说梦。"后以"痴人说梦"指凭妄想说不可靠或根本办不到的话。

⑬秋霖:秋日的淫雨。《管子·度地》:"冬作土功,发地藏,则夏多暴雨,秋霖不止。"

⑭身外：自身之外。晋·陆机《豪士赋》序："心玩居常之安，耳饱从谀之说。岂识乎功在身外，任出才表者哉！"

⑮西邻：西边邻居。《易·既济》："东邻杀牛，不如西邻之禴祭，实受其福。"

⑯彼岸：佛教语。佛家以有生有死的境界为"此岸"；超脱生死，即涅槃的境界为"彼岸"。《大智度论》十二："以生死为此岸，涅槃为彼岸"。

⑰言泉：如泉水般涌出的话语。唐·褚亮《〈金刚般若经注〉序》："词锋秀上，映鹫岳而相高；言泉激壮，赴龙宫而竞远。"

⑱慧日：佛教语。指普照一切的法慧、佛慧。《法华经·普门品》："无垢清净光，慧日破诸暗。"

⑲老聃旧曾化胡来：活用"老子化胡"的典故。西晋惠帝时，天师道祭酒王浮每与沙门帛远争邪正，遂造作《化胡经》一卷，记述老子入天竺变化为佛陀，教胡人为佛教之事。后陆续增广改编为十卷，成为道教徒攻击佛教的依据之一，借此提高道教地位于佛教之上。由此引起了道佛之间的激烈冲突，唐高宗、唐中宗都曾下令禁止。元世祖至元二十二年，下令焚毁《道藏》伪经，第一种即为《化胡经》，从此亡佚，故明《正统道藏》不存。清末敦煌发现此书唐写本残卷，有的作《老子西升化胡经》，有的作《太上灵宝老子化胡妙经》，系同书异名，非王浮原作。

⑳道穷：犹言穷途末路。宋·范镇《长啸却胡骑赋》："若楚军夜遁之时，闻歌于四面；殊汉将道穷之日，振臂而一呼。"

㉑麟凤：麒麟和凤凰。《文选·汉武帝〈贤良诏〉》："麟凤在郊薮，河洛出图书，呜呼，何施而臻此乎？"李善注引《礼记》："圣王所以顺，故凤凰骐麟，皆在郊薮。"

浅解：

此诗描绘了饶公与法国友人汪德迈冒雨同游伽利佛洞的全程的闲情雅趣。诗中从天气、山林佛洞景色联想到罗汉渡水、慧明禅师、黄龙诲机禅师禅悟等佛中雅事，游玩归途中诗人悟出了"身外西邻即彼岸"超然脱俗的道理。诗人就事论事，末句以反问的语气阐述了自己对历史中"老子化胡"之争的具体看法，反映了诗人对佛教的敬仰与尊重，对历史现实深刻的反思与见地。

简译：

夏坐完毕雨势仍旧，天公颇似要故意作弄我们。远风轻拂平坦无际的田野，截断流水同汇水潭深洞。土地潮湿使脚陷泥，江波逞势让马脱鞯。难怪罗汉神通仍须尽力渡水，视水浅深揭厉而为，其中倾入的感情何等重要。眼前的山林青红浅碧异常夺目，深山大泽龙蛇招收入瓮。突然悟得虚空山巍然之境，尤喜这种风雷惊打不动的宁静心态。窟中的佛像足有百丈之高，其气势足以齐合天地。岩头禅师解救犇犇精深的意旨，想一时领悟其中的道理犹如痴人说梦。绿水青山深情相拥，兴游罢归途中淫雨依旧。我在身外的西边即为彼岸啊，悟觉此理顿然察觉东风拂面似乎不再那般刺骨。途中言语真诚流露而天色渐晚，突然发觉慧日从云间涌现普照大地。老子当真入天竺化为佛陀而教胡人为佛事？即使黔驴技穷也不能用此伎俩来争强好胜。

过龙湖刘均量故居五律

二〇〇三年

回首龙湖①路，踟蹰古寨隅。
世怀方伯第，我眷故人居。
旗鼓非畴日②，庭梧孰扫除。
流连虚白室③，胜读五车书④。

癸未五月，过龙湖刘均量故居作，选堂。

注释：

①龙湖：潮州潮安龙湖镇古寨。

②畴日：昔日，往日，以前，从前。《文选·丘迟〈与陈伯之书〉》："见故国
之旗鼓，感生平于畴日。"

③虚白室：刘均量故居。

④五车书：五车书，典故名，典出自《庄子·天下》。惠施的方术很多，本
事很大，他读的书要五辆车拉。后遂用"五车书"指书多或形容读书多，
学问深。

浅解：

饶公访刘均量故居，昔人已逝，庭梧依旧，诗中洋溢对故人的洋溢和缅
怀之情。

简译：

回首潮安龙湖之路，古寨一隅徘徊不前。世人怀念方伯之第，我则眷恋
故人居所。居前并非昔日旗鼓，庭院梧桐是谁扫除。虚白室前流连忘返，胜
过读遍五车诗书。

丹霞禅诗句

二○○五年

何曾两辜负,十载葫芦禅。
担荷①良非易,撑持聊试先。
智眼②澄湘水,悲心混市廛③。
眉须应自惜,遮莫④怪天然。

丹霞老人法书,纯出自然,萧散朴茂,足为荡涤世间之特健药。选堂。

注释:

①担荷:肩挑背负。《管子·小匡》:"今夫商群萃而州处,观凶饥,审国变,察其四时而监其乡之货,以知其市之贾。负任担荷,服牛辂马,以周四方"。
②智眼:佛教术语。即智慧眼,为十眼(肉眼、天眼、慧眼、法眼、佛眼、智眼、明眼、出生死眼、无碍眼、普眼)之一。
③市廛:指店铺集中的市区。南朝·宋·谢灵运《山居赋》:"山居良有异乎市廛。"
④遮莫:尽管;任凭。

浅解:

　　饶公书丹霞老人书法,诗歌充满禅意,感叹岁月易逝,人生苦短,应保持平和心气,智眼对待万物兴衰更替。

简译:

　　从来不曾相互辜负,十年悟得葫芦禅道。身心承担用心良苦,勉强支持敢为人先。智慧眼如湘水澄澈,哀思心绪混迹市井。应自怜惜身体健康,莫要任凭自然老去。

平乐山色

二〇〇六年

层层桃李散朱雾①，竹户②茅茨③高概云④。
灵秀⑤昭州⑥容一盼，九疑泷险此中分。

平乐，晋、宋为始安郡地，曩年避乱经此有咏，忆写成图。丙戌，选堂。

注释：

①朱雾：雾气。南北朝·齐·王筠《苦暑》诗："日坂散朱雾，天隔敛青霭。"

②竹户：竹编的门。唐·赵嘏《早发剡中石城寺》诗："竹户半开钟未绝，松枝静霁鹤初还。"

③茅茨：茅草盖的屋顶。亦指茅屋。

④高概云：凌云。

⑤灵秀：灵活、美丽。

⑥昭州：平乐县历史悠久，始于三国设县，为历代州府之地，唐为乐州，后称昭州。今隶属广西壮族自治区桂林市，在桂林市东南。

浅解：

饶公避乱经过平乐，回忆化成画作，此诗阐述画景，将平乐山色迷蒙、高耸、灵秀、险要的特色描绘出来。

简译：

桃树李树散着雾气，竹门茅屋高而凌云。灵秀昭州值得一盼，九嶷险要在此中分。

金墨白山雪景卷

二〇〇六年

来时飙回雪，去夕日沉峰。
攀条①生别意，愁睨青青松。
冰块久未消，水面浮玲珑。
那知万山外，更有百丈瀺②。
巉岩③四围④里，绝顶寻仙踪⑤。
琉璃⑥开诡巧，连蜷⑦图灵容。
高台何偃蹇⑧，安惮披蒙茸⑨。
明神⑩将夕降，袅袅生和风。
征今念独深，眷往情弥重。
驱车临崇冈，骋望⑪孰与同。
怀哉⑫佳山水，不与世穷通。

此为步谢客南山往北山韵。丙戌，九十叟选堂迅笔。
写生地区：瑞士

注释：

①攀条：攀引或攀折枝条。《古诗十九首·庭中有奇树》："攀条折其荣，将
　以遗所思。"
②瀺：流水。
③巉岩：险峻的山岩。战国·楚·宋玉《高唐赋》："登巉岩而下望兮，临大
　阺之稸水。"
④四围：四面环绕。宋·周密《癸辛杂识续集下·西湖好处》："〔西湖〕青
　山四围，中涵绿水，金碧楼台相间，全似着色山水。"
⑤仙踪：仙人的踪迹。后蜀·顾夐《甘州子》词："曾如刘阮访仙踪，深洞
　客，此时逢。"
⑥琉璃：晶莹碧透之物。唐·杜甫《渼陂行》："琉璃汗漫泛舟入，事殊兴极

154

忧思集。"

⑦连蜷：回环婉曲的样子。《楚辞·九歌·云中君》："灵连蜷兮既留，烂昭
　　昭兮未央。"

⑧偃蹇：高耸貌。《楚辞·离骚》："望瑶台之偃蹇兮，见有娀之佚女。"王逸
　　注："偃蹇，高貌。"

⑨蒙茸：指杂乱丛生的草木。宋·苏轼《后赤壁赋》："履巉岩，披蒙茸。"

⑩明神：明神，生产及收获之神，亦为道路和沙漠旅行者的守护神，可布特
　　斯之主神，是一个很男性化的神，通常人们把莴苣当成祭品献给它，然后
　　吃掉便能获得成年的标志（成年礼）。

⑪骋望：放眼远望。《楚辞·九歌·湘夫人》："登白薠兮骋望，与佳期兮夕
　　张。"

⑫怀哉：思念，怀念。《诗经·王风·扬之水》："怀哉怀哉，曷月予还归
　　哉！"

浅解：

　　此诗描写了登顶 Assy 高原的见闻和自身的感触。诗中先述纪行，继写
景物，后归情理，介绍了 Assy 高原仙境般的环境，罗奥、马蒂斯、勃拉
克、列热、巴赞等艺术家参加装饰的阿西教堂，由此而引发了饶公的一连串
感叹，内心那种追求自由、独立之精神在这山巅之上得到了升华，一片祥和
之气油然而生。

简译：

　　来到此地风雪大作，归去之时日落西山。攀折枝条怜生离别之意，青松
弥漫愁苦之情。冰块久久未曾融化，沉浮于水面闪闪发亮。谁知道万重云山
之外，更有河冰百丈。险峻的山岩四面环绕，攀上顶峰寻访仙人的踪迹。山
上诡异奇巧碧绿一片，山峦连绵起伏魅影灵动。这个"高台"（指山）何其
高啊！怎会担心被杂乱丛生的草木掩盖。明神伴着夕阳降临此处，天地间和
风袅袅。征引今日思念独深，眷恋往昔情意弥重。驱车光临崇冈峻岭，放眼
远望别有一番滋味。感怀这美丽的山水之境，这与世隔绝超凡脱俗之地。

欧陆风光四屏

二〇〇七年

古柯①异石乱交加，石自痴顽②枝自斜。
人外③忽惊春数点，隔离灿烂有苹花。

以云林子法写中峤春色。丁亥选堂。

注释：

①古柯：即高柯。常绿灌木。单叶互生，长椭圆形，花黄白色，果实为核
　果。
②痴顽：不合流俗。
③人外：犹世外。《后汉书·陈宠传》："勤字叔梁，笃性好学，屏居人外，
　荆棘生门，时人重其节。"

浅解：

　　此诗借苹花烘托春意，语言简洁淡雅而意境高深。

简译：

　　高柯异石错杂交加，石头痴顽枝叶斜倚。旷野忽现几点春色，苹花灿烂
隔离天日。

迎面孤峰削不成①，何人吃醋锡②嘉名。
伞松无数张华盖③，荫得稻花满意生。

法南醋山句。丁亥选堂并题。

注释：

①削不成：不是人工所能削成，意指大自然之巧夺天工。

②锡：赏赐。

③华盖：帝王或贵官车上的伞盖。《汉书·王莽传下》："莽乃造华盖九重，高八丈一尺，金瑵羽葆。"

浅解：

饶公此诗展现了醋山的奇丽景色，醋山（Mont Vinaigre）位于法国东南部地中海边缘的普罗旺斯附近圣拉斐尔市内，爱斯特尔火山山脉的主峰。松树如伞，花开遍野，山美名奇令人赞叹。

简译：

孤峰迎面巧夺天工，是谁吃醋赐予嘉名。松树无数张如伞盖，荫户稻花遍地而生。

海角犹名是地中，惊涛如此去无踪。

淄渑①胸次浑难辨，不用安禅制毒龙②。

以梅花道人笔法写地中海疏铃铎所见。丁亥选堂。

注释：

①淄渑：淄水和渑水的并称。皆在今山东省。相传二水味各不同，混合之则难以辨别。《战国策·齐策六》："黄金横带，而驰乎淄渑之间，有生之乐，无死之心，所以不胜者也。"

②安禅制毒龙：安禅，佛教语。指静坐入定。俗称打坐。毒龙，佛教故事。佛本身曾作大力毒龙，众生受害。但受戒以后，忍受猎人剥皮，小虫食身，以至身干命终，后卒成佛。见《大智度论》卷十四。后用以比喻俗人的妄心。唐·王维《过香积寺》诗："薄暮空潭曲，安禅制毒龙。"

浅解：

乘驴领略地中海风光，看着格调不同的各种景象。令饶公耳目一新，心胸自然开朗。

简译：

名符其实的地中海风光，惊涛拍岸来去无踪。佳境罗胸难以辨别，无需安禅亦能制服邪妄。

> 萦青缭白^①万峰头，遏日飞柯^②泻急流。
> 落叶满山人迹杳，涧泉和雪洗清愁。

以子久九峰雪霁法写白山所见。丁亥选堂。

注释：

①萦青缭白：青山白水相互萦绕。宋·陆游《新筑山亭戏作》："天垂缭白萦
青外，人在纷红骇绿中。"

②遏日飞柯：形容木林茂密，遮蔽日光。《南齐书·列传》卷四十一："树遏
日以飞柯，岭回峰以蹴月。"

浅解：

在如此纯净的雪山之中，人烟罕至之地，万物的空灵幽静能够洗涤人们
心中的苦闷清愁。

简译：

青山白水萦绕于万山之巅，茂密蔽日之林木中急流倾泻。满山落叶而杳
无人迹，雪山之融泉洗濯心中的凄愁。

凤凰旭日

二〇〇八年

云窗雾阁隐楼台，草树青青簇四隈①。
休向荆关②搜画本，此山无语忽飞来。

　　岁在戊子，选堂写凤凰山晨曦。以金碧糅焦墨，自成一格，质之方家以为如何。

注释：

①四隈：四角。《文选·左思〈魏都赋〉》："考之四隈，则八埏之中。"
②荆关：五代画家荆诰、全全师徒以画山水齐名，故并称"荆关"。

浅解：

　　山色隐于云雾之中，青青草木充斥四面八方。如此美景无须在荆浩关全山水画作中觅得。饶公将山雾中的景色刻画得如此美妙，竟连凤凰都为之而来。诗歌成功地诠释了山雾中不可言说的景色，令众人欲欲而试，想要身临其境一探究竟。这也是饶公诗歌的魅力所在：为景色增光增彩。

简译：

　　远近楼台隐于云雾之中，花草树木之绿簇拥四方。莫向荆浩关全索要画本，此山之中凤凰静默飞来。

龟兹大峡谷

二〇〇五年

二千禧年，余在莫高窟，蒙国家颁授敦煌研究奖，曾语文化部长孙公：三危山岩壑之美，国画应拓展西北宗一路。近时复与冯其庸、樊锦诗缕言之。冯君远示龟兹大峡谷图，因奋笔写之。皴法纯以气行，为余西北宗创作之权舆，兹纪其来由于此。甲申选堂。

简译：

2000年，我在莫高窟，承蒙国家颁授敦煌研究奖，曾对文化部长孙公说：三危山岩壑之美，国画应拓展西北宗一路。最近再次与冯其庸、樊锦诗多次说及。冯君展示龟兹大峡谷图，因此本人奋笔写之。皴法纯以气运行，我为西北宗创作开了先河，所以在此记述由来。甲申选堂。

自书学书经过附梨俱室兀坐图

二〇〇〇年至二〇〇六年

余髫龄习书，从大字麻姑仙坛入手。父执蔡梦香先生，命参学魏碑。于张猛龙爨龙颜写数十遍，故略窥北碑涂径。欧阳率更尤所酷嗜。复学钟王。中岁在法京见唐拓化度寺、温泉铭、金刚经诸本，弥有所悟。枕馈既久，故于敦煌书法，妄有着论，所得至浅。尝谓自大篆演为今隶，两汉碑碣，实其桥梁。近百年束地不爱宝，简册真迹，能发人神智。清世以碑帖为二学，应合此为三，已成鼎足之局。治书学者，可不措意乎？以上五种皆为日课，合为一辑。书之体态繁赜，须事临摹，以增益多师，而骨力必由己出。略记学书经过于末，求教于大雅君子。

时苍龙庚辰端午，选堂书于梨俱室。梨俱室兀坐图。丙戌，选堂。

简译：

我从小学习书法，从大字麻姑仙坛入手。父亲朋友蔡梦香先生，让我参考学习魏碑。于张猛龙爨龙颜写数十遍，故略窥北碑发展途径。欧阳询尤为喜欢。后来又重新学钟繇、王羲之。中年时在法京见唐拓化度寺、温泉铭、金刚经诸本，有所感悟。练习许久，故于敦煌书法，妄自揣摩着论，收获非常少。我曾说大篆演变到今隶，两汉碑碣起到实际桥梁作用。而近百年国人不懂得宝贝，简册真迹实际更能发人神智。清时以碑、帖两种为显学，实际上应该加上简册为三，才成鼎足之局。学习书法的人，可是要留意啊！以上五种皆是我的日课，合为一辑。书写体态复杂深奥，只能依靠临摹，并且多学几种字体多师，骨力必自然出来。略记学书经过，求教各位大雅君子。

西泠印社图卷

一九九〇年至二〇〇八年

湖山佳处。

壬辰，选堂题。

简译：

湖水山色最佳之处。

湖湄西泠印社图。庚午秋杪，选堂为伟雄作。

观乐①楼前水，掬泉②且题襟③，古藤如篆籀④，珍重印人心。

旧作题金尔珍西泠印社图句。戊子，选堂重录于爰宾室。

注释：

①观乐：观赏玩乐。
②掬泉：手捧泉水。
③题襟：抒写胸怀。
④篆籀：篆，特指小篆；"籀"特指籀文，又称大篆，是小篆的前身。籀文出现在周宣王时期，太史籀对当时的文字进行了整理和规范，以四字一句编成韵语，共15篇，世称《史籀篇》。

浅解：

饶公提写湖湄西泠印社图，道出画作湖景以及篆籀画法。

简译：

观赏玩乐楼前山水，手捧泉水抒写胸怀，古藤如同篆籀之文，珍惜重视留住人心。